講談社文庫

帰蝶さまがヤバい 2

神楽坂 淳

講談社

目次

帰蝶さまがヤバい ②

一章

「天下って案外遠いわね」

帰蝶《きちょう》様が不意に言った。

「であるな」

信長《のぶなが》様も言う。

「そんなに簡単に取れるなら、みんなほいほい取ってるんではないですか」

皐月《さつき》が言うと、二人は楽しそうに笑った。

「一生取れない人が多いんですし、そこらで茄子《なす》をもいでくるようなわけにはいかないでしょう」

二人の顔を見ていると、天下というものはそこら辺の木になっているもののような気もしてくる。

「そもそもこの間までは今川義元《いまがわよしもと》にもみ潰《つぶ》される筆頭だったわけですし、尾張《おわり》だってやっとまとまったという有様です。そんなに気楽に天下が取れるようには思えません。わたしは何もわからないからわからない発言ですいません」

信長様は、声を上げて笑った。

「この信長が天下を取るなど、誰も思っておらぬ。誰もがうつけと思っておるさ。真面目に信じているのは帰蝶くらいのものだろう。柴田権六《しばたごんろく》や前田又左衛門《まえだまたざえもん》たちでも、天下が取れるとは思ってもいないのではないかな」

「信じろと言われても、なかなか難しいですよね」

「全くであるな」

「信長様は、信じてもらえないのは気にならないのですか」

「天下を取るなど、信じてくれなくていい。仕えるにたると思うてくれれば、それ以上のことは望んでも仕方がないだろう」

「それは独りよがりではないのでしょうか」

皐月が言うと、信長様は上機嫌の時の笑い声を立てた。

帰蝶様もくすくす笑う。

「何か変なこと言いましたか。失礼だとは思っているんですが、変ですか」

「この上もなく普通よ。そこが好きだわ」

帰蝶様に真顔で言われて、どう返していいのか迷う。

「普通って、いいことなのですか。それとも悪いことなのですか」

「皐月はどう思うの」

「わかりません。普通というのは集団の中の一人ということでしょう。可もなく不可もなく良くも悪くもどうでもいい考えですよね。特別な人の考えをわかるわけではないから、右往左往したり闇雲《やみくも》に従ったりするということから考えると、よくはないですね」

「では普通の自分は嫌いなの」

「それも違います。帰蝶様は凄《すご》いと思いますけど、わたしだったら疲れて死んでしまいます。猪《いのしし》でも煮ているのがわたしには似合っていますよ」

そこまで考えて、皐月は納得する。信長様が天下を取る取らないということを考えるのであれば、自分ならどうやって天下を取るかということを考えないといけない。

そんな疲れることをしたい人間は多くはないだろう。信長様の後ろをついて走って行くかどうかだけなら考えなくても信じればいいから楽だ。

「そうですね。わからないまま従うのが楽でいいです」

「大抵の人間はそういうものであるよ」

信長様は満足したようだった。

「ところで最近、前田様を見ませんね。前はかなり気に入ってらっしゃったでしょう」

皐月は気になったことを訊《き》いた。

前田又左衛門利家《としいえ》様という人がいる。信長様の赤母衣衆《あかほろ》の一人だった。母衣衆というのは信長様を戦場で守る側近中の側近だ。赤、黒十名ずつで二十名。よほど気に入られなければ入ることはできない。

その中でも、前田様のことはものすごく気に入っていた。それがある日を境に口にしなくなったのである。今日久しぶりに名前を聞いたのだった。

「出入りを禁止しているからな」

「どうしてなんですか」

「わしの目の前で側近を斬ったからな。許すわけにもいかないだろう」

「なぜ許せないのですか」

「くだらない喧嘩《けんか》で主君の側近を斬るなど許せるわけないだろう」

当たり前のことを聞くな、という顔を信長様はする。

「でも、もしすごく強い敵がいて、その人が信長様の側近を斬ったあと降伏してきたら多分許しますよね。敵なら許せて味方は許せないんですか」

素朴な疑問だった。あいつを許すとか許さないとか殺すとか殺さないとか色々耳にする。皐月としては、嫌いなら殺してもいいと思うのだが、嫌いでも助けたり好きでも殺したりする。

一体どういう心のはかりで決まっているのかがよくわからない。

「側近を殺すというのは」

信長様は改めて説明をしようとして、言葉を止めた。

「側近をひとり殺されたという理由で又左衛門を出入り禁止にするのは信長らしくないであろうか」

帰蝶様に言葉を投げかける。

「どちらとも言えませんね。ところで上総介《かずさのすけ》はあの十阿弥《じゅうあみ》という男は大切ですか。あれは斬られても文句は言えないと思いますが。茶坊主を斬ると面倒なのはわかりますがそろそろ良いのではないですか」

それから、帰蝶様は少々意地の悪い笑顔を浮かべた。

「そもそも、あの男が又左衛門から笄《こうがい》を盗んだのが原因でしょう。しかもただの笄ではありません。まつからの贈り物ですよ。彼がどのくらいまつを愛しているかはご存知でしょう。わたくしから言わせれば、上総介が十阿弥を手打ちにしなかったのが原因です。顔がいいからなんとなくそばに置きたくなったんでしょう。眺《なが》めるための人形を大切にして又左衛門を浪人させるのはいいことではないです。もし他の国に仕えたらあれを敵に戦わなければいけないではないですか」

帰蝶様が手厳しく言う。

「目の前で斬られたんだ。仕方がなかった」

信長様が言った瞬間、帰蝶様がきりきりと柳眉《りゅうび》を逆立てた。

「仕方がなかったというのはどういうことですか。自分の意思とは違ったけれども雰囲気に負けて又左衛門を処分したということですか。わたくしは上総介の意思での裁きなら仕方がないと思っていましたが、雰囲気ですか。それならば見過ごせません」

帰蝶様になじられて、信長様は横を向いた。

「都合が悪くなったら横を向くのもおよしなさいませ。例えば上総介は、わたくしが大切にしたものを盗まれて、なおかつ皆の前で開き直られたとしても気にしないのですね。たかだか帰蝶の持ち物くらい盗まれても良いとおっしゃるのですね」

「わかった。悪かった」

「何が悪かったのですか。見当はずれに謝られても困ります」

「なにもかも悪かった。考え違いであった。だが、又左衛門には謝らぬ。突然許したりすることはできない。その上で丸く収める策はあるのか」

「お任せいただければ」

「任せる。方法に関して文句も言わない。全部言うとおりだ。だからこれ以上なじるのはやめてくれまいか。胸が痛い」

「いいでしょう」

帰蝶様は矛《ほこ》を収めることにしたらしい。ぽん、と自分の膝《ひざ》を叩《たた》く。信長様は帰蝶様の膝まで這《は》っていくと膝の上に頭をのせた。

「叱《しか》られるのは好きではない」

「誰も叱ってなどおりません。又左衛門を失うのはもったいないと申し上げているだけですよ。それに、斬られた十阿弥は評判の悪い男で、又左衛門を賞賛する声も多かったではないですか。だから成敗しなかったのでしょう」

「そうだ」

叱られないと思って安心したのか、信長様はいつもの信長様の顔に戻った。膝枕以外は完全にいつも通りである。

まるで子供のようだ、と思う。しかし、いつも気を張っていては疲れてしまって肝心な時に倒れてしまうかもしれない。

帰蝶様に甘えるのは信長様にとって大切なことのように思われた。

それから帰蝶様はこちらを見てにっこりと笑みを浮かべた。

「猪の準備をしてちょうだい」

今日は珍しく晴れだった。

五月に入る前からずっと雨が続いている。皐月は梅雨《つゆ》が好きなので、この時期の雨はなんとなく楽しくなる。

雨を受けると、緑が元気になるような気がして気持ちがいい。

雨の間にカラッと晴れる日があって、そういう日は「五月《さつき》晴れ」と言う。縁起がいい日として朝からみんなが浮きたっていた。

皐月は雨のままでもいいのだが。

「猪を準備しておいて」

帰蝶様に言われていたので、肉自体の準備はしている。

先日の会話からすると、前田又左衛門様がやってくるのかもしれない。しかし、信長様の留守に呼びつけるものだろうか。

しばらくすると、一人の女が訪ねてきた。青地に白で鶴を染め抜いた着物を着た少女である。年の頃は十五歳というところだろうか。

その少女は入ってくるなり帰蝶様の前で平伏した。

「おひさしぶりでございます」

「元気にしている？」

「おかげさまで。娘もすくすくと育っております」

「もう娘がいるのですか？」

「十一歳の時に産みました。そちら様には初めてお目にかかります。前田利家の妻、まつと申します」

まつ様は皐月にも頭を下げた。

十一歳というのはさすがに少々早い。大人びているならまだわかるが、まつ様は少々子供っぽく見える。

「本日はお日柄もよろしく帰蝶様の美貌もますます冴《さ》え渡っておりますね」

まつ様が笑顔を見せる。

「思ってもいないことは言わなくていいわ。そんなことよりもここに来た理由はわかっているわね」

「男どものたわいない喧嘩を収めようということでございますね」

姿形は子供っぽいが、まつ様は妙に貫禄《かんろく》がある。これが母親の貫禄というやつだろうか。ずっと年上の皐月は押し負けそうだった。

「又左衛門の様子はどうなの」

帰蝶様が言うと、まつ様はだめです、という顔をした。

「槍《やり》を磨いておりますよ。出陣する前に信長様にお伺いを立てろと言っているのですが、全くその気はないようですね」

「男の意地の張り合いというのはどうにもならないのね」

「そうです。今回も勝手に参戦するようですが、うまく手柄を立てたらそろそろ信長様の元に戻りたいのです」

「上総介は戻したいみたいですけどね。みなの手前ということがあるようです。目の前で斬りましたからね」

「大変ご迷惑をおかけしております」

まつ様があらためて頭をさげた。

「まつのせいではない。といっても上総介の面子《メンツ》をつぶすわけにはいかない。又左衛門は強いからもったいない。人気もあるし。ある程度の型破りを許してもいいのだけれど、みなに真似《まね》されると大変なことになるという言い分ね。少しは規律というものを守る気になればいいのだけれど」

「いいえ」

まつ様は即答した。

「そんなことをしたらもはや又左衛門ではございません」

「そうね」

帰蝶様も大きく頷《うなず》いた。

「確かにこぢんまりと規律を守るのは又左衛門らしくないわね。でもね、皆が真似たら軍勢というのは崩壊してしまうのよ」

軍勢というのは大将が右に行けと言ったら死んでも行くものだ。自分で勝手に判断して戦うような兵は困るのである。

しかし、前田様としてはむしろそれは誇りのようだ。

とりあえず食事をさせようと思った。

鍋で煮えた猪を出すと、まつ様は嬉《うれ》しそうに箸を手にとった。

「噂《うわさ》に聞いていて食べたいと思っていたのです」

信長様は気に入るとここに連れてきて猪をふるまう。今では猪を食べたことがないと言うと馬鹿にされるほどだ。

まつ様はものすごい勢いで肉を食べ始めた。華奢《きゃしゃ》な体からは考えられない勢いで肉が体に入っていく。大食は強運と言う。きっとこの人は運も強いんだろうなと思う。

「やってほしいことがあります」

しばらくして、帰蝶様が言った。

「なんでしょうか」

「又左衛門の真似だけはしたくない、というほど又左衛門に狂って欲しいのです。真似をされては困ると思うから外すのだから」

「うちのあれは狂うのであれば得意でございます。まともでいるというのがそもそも無茶なのでございますよ」

まつ様はいかにも嬉しそうに笑った。確かに、前田様はまともでいるということができないのに違いない。

しかし戦場というのはおかしくなっている人たちの殺し合いなのだから、まともが苦手という人の方が頼りになる気はした。

「そういえば、どこかと戦をするんですか」

気になって皐月は尋ねた。

「美濃《みの》よ。そろそろ準備を整えてるわ」

「また美濃ですか」

思わず顔をしかめた。美濃とは戦うたびに負けている気がする。信長様を信じないわけではないが、相手の方が戦が上手なのではないだろうか。

「たまには勝つわよ」

帰蝶様が楽天的な表情で言った。

本当なのか、とつい疑ってしまう。

「本当に手柄を立てたらとりなしてあげる。それは間違いないわ」

帰蝶様に言われて、まつ様は安心したらしく、足取りも軽く帰っていった。

「たまには皐月も鉄砲を撃たないの？」

「無理です」

「真面目《まじめ》なのね」

帰蝶様がからかうように言った。

「女の鉄砲隊をまた出すんですね」

「ええ。上総介にも好評だわ」

「確かに活躍してますよね」

帰蝶様の編成した女鉄砲隊は強い。男の鉄砲隊と比べても頼りになる。

「女は、体が弱いだけで人殺しということなら男よりもむしろ向いてるわ。男なんて本当のところはだらしないからね」

「そうなんですか」

「殺し合いは最後は人を殺す心だから。心だけで言うなら女の方が優れている。男の心は折れやすいしね。戦に負けた時、犯されようがなんだろうがとにかく生き延びて何か食べて元気になろうとするのは女の方よ。男はぼんやり空を見上げるだけで立ち直るまで時間がかかるというもの」

確かに生きるということに関してだけ言うなら、女の方が頑丈かもしれない。そして生きるために殺すと言うなら、ためらいもないだろう。

「鉄砲は体の力がなくとも人を殺せるから女の方がいい」

そう言ってから、帰蝶様は思い出したように言った。

「わたくしたちの分の猪はあるの?」

「もちろんです」

そうして皐月は猪を二人で食べた。

美濃と戦うのはいやな感じだったが、いまは帰蝶様を信じるしかないだろう。

それから数日して。

「殺した」

不意に帰蝶様が言った。ものすごく上機嫌という感じである。帰蝶様は上機嫌が過ぎると一周回って能面のような表情になる。

それはそれでまるで人形のような美しさがあって皐月はそういう顔も好きだった。

「誰を殺したのですか」

「兄よ。斎藤義龍《さいとうよしたつ》」

「本当ですか」

「嘘《うそ》ついてどうするの」

帰蝶様がくすくすと笑う。確かにこんなことは嘘では言えないだろう。それにしても殺したというのはどういうことだろう。

「毒でももったんですか」

「そうよ。本当に苦労したわ」

「刺客《しかく》を放ったということですか？」

「そうよ。ここに輿入《こしい》れする時に放ったの」

「それって十年以上前ですよね。今頃になって殺したんですか？」

「やっと油断したってことよ。嫌いな兄だけど、なかなか大した男よ」

帰蝶様は笑いが止まらないという感じである。

それにしても、と皐月は思う。十年間隙《すき》を見せないというのは確かに大したものだが、十年間殺す機会を狙っているというのはどういう気持ちなのだろう。

そもそもいったいどのような条件を出したら、十年間も一人の相手の命を狙い続けられるのか全くわからない。

その後の人生は何も無くなってしまうような気もした。

「釈然としない顔をしてるわね」

「だって、一人の男を殺すのに自分の人生を全部かけるようなものじゃないですか。楽しいことも全然しなくて、ひたすら命を狙うんでしょう。それは結構嫌な生き方です」

「皐月の言うこともわかるわ」

それから、帰蝶様は遠くを眺めるような様子を見せた。

「誰かを憎み続けることが生きる力になる時もあるのよ」

何があったのか知らないが、帰蝶様と刺客は、斎藤義龍様殺害が生きる目的だったらしい。

「とにかく、これでやっと美濃攻略ができるわね」

何がすごいと言って、翌日にはもう美濃を攻めるための軍勢が整っていた。斎藤義龍様が亡くなったのが五月十一日。今日の出陣は十三日。前からわかっていたとしか思えないような状態である。

皐月が思うに、何らかの事情で十一日に暗殺が成功しそうだという情報があったのにちがいない。

だからあらかじめ準備ができたのだろう。

そうは言っても、美濃の軍勢は無傷である。後を引き継いだ、義龍様の子である斎藤龍興《たつおき》様はまだ十四歳。貫禄は全くない。

家臣団がどうやって盛り上げていくかが一つの大きな鍵であった。

帰蝶様は物見《ものみ》遊山《ゆさん》にでも行くかのような顔で、唇に紅を塗った。

「皐月も化粧を忘れてはだめよ」

「戦場に行くのに化粧するんですか」

「どんな時でも紅を引いて戦うのよ。綺麗《きれい》な顔で勝つのが気持ちいいでしょう」

「わかりました」

確かにそうかもしれない。髪を振り乱して勝つよりは見ているほうも気持ちいいだろう。

言われた通り紅を引くと、帰蝶様にしたがって出陣したのである。

信長様は朝に清洲《きよす》城を出発して、長良《ながら》川を渡った。昼前には勝村《かつむら》というところに陣を張る。そうしてから、森部《もりべ》という村に向かった。

相手もどうやら同じ場所を目指しているらしい。森部というのは畑と荒地である。他に何とも言いようがない。とりあえず戦うのには適している土地のようだった。

両軍の槍隊が睨《にら》み合う。

見たところ、あちらが気落ちしている様子はない。義龍様が亡くなったのは残念だと思っているだろうが。今まで織田《おだ》方に勝っているだけに、今度も勝つという気持ちが強いのに違いない。

「ところで、味方より敵の方が多いような気がします」

「そうね。急いで軍を集めたから、こちらは千五百。相手は六千といったところかしら」

「四倍じゃないですか。いけるんですか」

「きっと平気よ」

帰蝶様が平然と言う。

梅雨の最中で、地面はぬかるんでいる。今日は幸い曇りで雨は降っていない。そうは言っても走りやすいとは言えないだろう。

「転んで鎧《よろい》が汚れそうですね」

思わず言うと、帰蝶様が大きく頷いた。

「そうね。よく転びそうだわ」

戦《いくさ》は、相手側が攻めてくるところから始まった。槍を構えて歩くようなゆったりした速度で迫ってくる。

「さすがね」

帰蝶様が感心したように言う。

「何がさすがなんですか」

「走らないで歩いてくるじゃない」

「そうですね。でも、ゆっくり歩いてきたら鉄砲や矢の餌食《えじき》になって危ないんじゃないですか」

「走って転ぶよりはずっと安全よ。先頭が転んだら全体が足止めされる。そうなったら嬲《なぶ》り殺しになってしまうからね。多少死んでも転ばないほうがいいの」

確かにその通りだろう。とはいっても、もしかしたら自分が死んでしまうのである。その中で歩いて敵陣に向かっていくというのは随分な勇気だと思う。

鉄砲の音がした。鉄砲隊が歩いている敵を撃っていた。織田の鉄砲隊は一斉射撃はしない。雨だれのようにぱらぱらと音がする。

一斉射撃はかっこいいが、一度撃った後にしばらく弾が飛んでこないという安心感を与えてしまう。

いつ死ぬかわからないという不安感を与えるために一斉には撃たない。

「兄が生きていたら負けていたわね」

「どこら辺に違いがあるんですか」

「相手はこちらの四倍もいるのに、部隊を三つに分けている。それでは結局こちらに当たってくるのは二千。こちらの千五百と大して変わらないわ。六千の軍に一斉に襲ってこられたら逃げるしかない」

確かにそうだ。それこそは数の有利というものである。わざわざ少数でやってくる必要はどこにもなかった。

「自分の欲望に負けたというところね」

「欲望ですか？」

「そうよ。兄に愛されたからといって、その子供にも愛されるとは限らないでしょう。今の相手は織田軍と戦っているわけではない。誰が寵愛《ちょうあい》を受けるかという戦いなのよ。目の前の敵に集中できるはずもない」

確かにそんなことを考えていたら、きちんとした作戦は立てられないだろう。自分だけがうまく手柄を立てる方法を考えているに違いなかった。

最初に突撃してきた敵はあっけなくて、こちらの槍隊を相手に大した活躍はできない。こちらの槍は長いから、ぬかるみの中では圧倒的に強かった。

先陣が負けたのを見て、相手も失敗に気がついたらしい。後続の部隊が一斉に襲いかかってきた。

しかし、ぬかるみの上に、死体まで転がっている。走ってきた敵兵が地面に次々と転んでいく。

先ほどまでの統率のとれた動きとは全然違っていた。失敗を取り返そうとさらに失敗を重ねているという様子である。

一人の武将が、馬で前に出てきた。兵たちを叱咤《しった》している。

そして鉄砲で撃たれてあっけなく地面に落ちた。

鉄砲が待っているところに馬で突撃するというのは無茶にも程がある。敵がじりじりと後ろに下がり始めた。

どうやらかなり人望のある武将だったらしい。周りの兵士に安心感を与える役割を担っている武将は討たれてはいけない。

人数としては一人だが、下手をすると数千人に影響が及ぶ。

「走るな！」

信長様の軍から声が飛ぶ。

「逃がしてもよい。走るな！」

こちらは人数が少ないから、少しでも犠牲は減らしたい。相手も総崩れというわけではなくてきちんと撤退していく。だから迂闊《うかつ》に追いかければこちらが死んでしまう。

撤退する敵の中から、一人の武将が進み出た。

大きな刀を肩の上に載せている。

「なかなかいいのが出てきたわね」

帰蝶様がおもしろそうに言った。

「いいのって何ですか」

「あれは首取り足立《あだち》っていう武将なのよ。兄は特にかわいがっていたわ。あれが出ていくだけで敵が怯《おび》えて逃げてしまうから、相手の陣形に綻《ほころ》びが生まれるのよ」

「鉄砲の出番ですか」

「それもいいけど、きっと頭のおかしい味方が出てくるでしょう」

帰蝶様が言うのと同時に槍を持った前田様が味方の陣から飛び出した。

「前田又左衛門利家。この戦場に勝手に参戦つかまつった」

大きな声で叫ぶ。

「あれは本当に頭が悪いわね」

帰蝶様が呆《あき》れたように言った。

「わざわざ勝手に参戦などと言わなければ、上総介も許しやすいでしょうに」

「足立六兵衛《ろくべえ》である」

相手も名乗った。

敵も味方も一斉に地面に座り込む。この戦いを邪魔しないという気持ちの表れである。戦の勝敗とは別にこういうのはお祭りのようなものだ。

邪魔をするほど野暮なことはない。もちろん矢や鉄砲などは話の外《ほか》だ。男同士の意地をかけた戦いは邪魔してはいけないのである。

戦いはそんなに長くはなかった。相手の武将がどのくらい強いのか皐月にはわからない。前田様はさしたる苦労もなく突き伏せてしまった。

あたりが歓声に包まれた。

敵がさっきよりも速い速度で逃げていく。戦う意思はなくなったようだ。

信長様は手を緩めずに追撃した。結局相手は出撃してきた墨俣《すのまた》の砦《とりで》も捨てて逃げていってしまった。

信長様は墨俣の砦に入ると、そこで休むことにしたらしい。帰蝶様も砦に入る。

砦の中はやかましかった。

信長様の連れてきた戦大工が仕事を始めたらしい。どんな戦場でも一番長く仕事をしているのは戦大工かもしれない。

帰蝶様と二人で過ごす部屋を作ってもらう。

といっても十人は楽に入れる部屋である。鉄砲隊の女性たちも挨拶《あいさつ》にやってきた。

「今日も元気にやりましたよ」

鉄砲隊を率いている白野《しらの》さんが、大きな徳利《とっくり》を下げてやってきた。

「大将を倒したみたいね」

「ああ。なんだか有名なひとだったみたいで、格別の褒美《ほうび》もありました」

言いながら、目の前にどすん、と徳利を置いた。

「こいつを一杯飲んだら、もうひと稼ぎしてきますよ。あいつら行列を作りそうな勢いなんでね」

もうひと稼ぎというのは、男に抱かれてくるということだ。戦の後の男は、とにかく女が抱きたくなるらしい。

鉄砲隊の中には、ついでに体も売っているという女も多い。

「大丈夫ですか。疲れませんか」

「何に疲れるの」

「男の相手をして」

「商売だからね。好きだし」

そう言ってから、白野さんは屈託なく笑った。

「ここにはいろんな女がいるけどさ。わたしはもともと歩き巫女《みこ》だからね。男に抱かれるのも仕事のうちなんだよ。若いうちだけだけどね」

「歩き巫女は男に抱かれるものですものね」

「そうだよ。男ってさ、すぐ死ぬからね。生きてる間は女が抱きたいんだよ。可愛いもんじゃないか。特に殺し合ったあとは我慢できないんだよ」

白野さんは優しそうな表情をしていた。男を相手にしている鉄砲隊の女たちはみんな優しい。仏様のようだ。

そして戦場に出ると、眉《まゆ》ひとつ動かさずに相手の頭を吹き飛ばしている。きっとそれはどこかで繋《つな》がった感情なのだろうと思う。

白野さんたちは一杯飲むと、すぐに出て行った。

「戦が終わったあとなのに騒がしいですね」

「今日の殺し合いが終わっただけで、まだ戦の途中だから」

「途中なんですか」

「そうよ。大工も働いてる。それに、食料や武器を運び込む人たちにとっては今は戦の最中みたいなものよ。明日また殺し合いをするなら食料が足りないとか水が足りないとかあってはならないでしょう」

確かにそうだ。戦は目先の殺し合いではかってはいけない。戦を支えている人々の働きいかんで決まる部分がある。

しばらくして、前田様がやってきた。顔が酒で真っ赤である。帰蝶様の前に進んでくるなり大仰な動きで平伏した。

「殿のお許しが出ました」

「そう。おめでとう」

「これも帰蝶殿のお心遣いあってのことと思っております」

「わたくしは何もしていない。気にすることはないわよ」

帰蝶様は興味のなさそうな顔で返す。その表情を前田様がどう解釈したのかはわからないが、改めて頭を下げると帰って行った。

「感謝されて良かったですね」

「良くも悪くもないわ。どちらにしてもそのうち許した方がいいから。きっかけとしては悪くなかった」

帰蝶様はそう言ってから、お酒を一口召し上がった。

「この戦いが終わったらほっとするわね」


墨俣の砦を修復した信長様は、十九条《じゅうくじょう》というところに砦を築いた。

美濃攻略の足がかりとなる砦である。

十三日から作り始めて、十九日には砦が完成した。一体どうやったらそんなに早く砦を作ることができるのか全くわからない。

信長様は戦の準備をしたが、大量の兵士を連れてきたわけではない。

「砦が立派な割に人数が少ないですね」

「たくさん連れてくると食料もたくさんいるじゃない」

帰蝶様が当然のようにいう。

「そうかもしれませんが戦になったら困るのではないですか」

「あちらもそう簡単に主力は出してこない。この戦は挨拶といったところね」

「使者を出すんじゃなくて戦うんですね」

「戦わないと何もわからないの。うわべだけ測っても仕方がないでしょ」

殺し合いというのは、本気には違いない。うかうかしていると殺されてしまうのだからみんな真面目にやる。

今回の戦いは、新しく主君になった斎藤龍興様がどの程度頑張れる武将なのか見定めるということだろう。

相手の軍に、義龍様の弟君は入っていない。追放されたか、殺されたかだろう。血の繋がりなど状況が変われば邪魔でしかない。

「それにしても、思ったより乱れていないわね。弟が無能すぎたのが幸いしたようね」

「そうですね。もっと割れてくれた方が助かったのに」

「父上の眼鏡違いにも困ったものだわ」

帰蝶様は肩をすくめた。

数日もしないうちに、美濃は動いた。

斎藤龍興様は、見逃せないと思ったのだろう。稲葉山城《いなばやま》から軍を出してきた。こちらの軍勢は千二百なのに対してあちらは五千である。

「またあちらの方が多いんですね」

「しばらくは仕方がないわね。頑張って戦ってもらうしかないでしょう」

帰蝶様は涼しい顔をしている。

信長様の軍は、不思議と強い。攻めるというよりも、迎え撃つのが強かった。長い間戦っているうちに、相手の方が疲れてくるのである。

強い理由は水にあるらしかった。信長様の軍はとにかくよく水を飲む。少しでも疲れたと思ったら水を飲めと信長様はいつも言っていた。

そして腰に味噌《みそ》をぶら下げていた。味噌は戸板に塗りつけて干したものである。この干し味噌と梅干しを食べることも言われていた。

味噌なきは疲れる。

信長様の軍は、水と味噌にはうるさい。しかしそのおかげで大軍を迎え撃ってもなかなか崩れないのである。

朝から十四条《じゅうしじょう》というところに陣を敷いた。

陣を敷くというのは、文字通り敷く。戦大工が地面を徹底的に整えて平らにする。補給用の小屋や、相手が突撃してきた時に妨害するための柵を設ける。

兵隊を単純に並べて置くわけではない。

負けた時に素早く撤退するための道も整えてある。

死なずに逃げていくというのを信長様は特に重要視していた。どんなにみっともなくても生きていればまた立ち上がって戦える。

もちろん味方のために死ななければならない時もあるが、なるべく逃げ延びるように皆にも言っていた。

十四条で戦いが始まった。鉄砲の力と、長い槍の威力で信長様の軍は強い。しかし何と言っても数が少ない。

数の力に押されて下がっていく。

「これはだめね」

帰蝶様が合図を送る。

鉄砲隊があっという間に後ろに下がる。撃ちながら後退というようなものではない。はっきりと逃げていますという態度を見せる。

それを見て、槍隊も負けを悟ったらしい。

「いいんですか。こちらの負けだってみんな思ってしまいます」

皐月が言うと、帰蝶様は思い切り首を縦に振る。

「いいのよ。みっともなく負けた方が傷が小さいわ」

信長様は西軽海《にしかるみ》という場所まで後退した。

西軽海には簡単な砦があって、炊き出しも準備されていた。酒もある。疲れた兵たちはとりあえず休憩して食事をとった。

「食事まで用意してるってすごいですね。まるで負けるのがわかっていたみたいです」

西軽海の陣地では、とにかくあちこちで火が焚《た》かれていた。寝るための小屋があちこちに建てられている。

酒を一杯飲むと、みな我先に小屋の中へと入っていく。

「よほど疲れていたんですかね。さっさと寝るみたいです」

「夜になってもう一度戦があるから休むのよ」

帰蝶様が当たり前のように言う。

「夜に戦があるのですか」

「あるわ」

「どうしてわかるんですか」

「こちらがさっさと逃げたから。追撃したくなるのよ」

「寝てても平気なんですか」

「寝てるから勝てる。五月といっても夜は寒いでしょう。冷えた体では満足な戦いはできないわ」

あちこちに焚き火があるのは、とにかく体を冷やさない工夫らしい。小屋の中に眠る場所を作ったのも体を温める工夫だろう。

敵がどのような形でやってくるのかわからないが、体を温めながら進軍するのは無理である。

もちろん眠っているところを襲われたらたまったものではない。

そのために斥候《せっこう》を出していた。

この人たちは体が冷えるが、戦いが始まれば小屋で寝ていいらしい。

「これは帰蝶様。ようこそお越しくださいました」

後ろの方から声がした。振り向くと、小柄な男の人が立っている。

「さすが用意周到ね。藤吉郎《とうきちろう》」

帰蝶様が声をかける。

これが木下《きのした》藤吉郎様か、と皐月は思った。

最近信長様のところで頭角を現している武将だ。気も利くし元気もあるしとにかく明るいという話を聞いていた。

しかし、目の前にいるのは燃え尽きた灰のような人だった。確かに用意周到かもしれないけれども、明るい雰囲気からはかなり遠い。目もおちくぼんでいる。

「どうしたのですか、藤吉郎」

帰蝶様が驚いた声を出す。この反応からすると、普段のこの人とは全く違うのだろう。

木下様は、やにわに地面にひれ伏した。

「お願いがございます」

「どうしたの」

「ねねと結婚させてくださいませ」

「何があったの」

「ねねの親族は結婚に反対しておりまして。このままでは夫婦《めおと》になることなど到底かないません。そう思うだけで仕事が全く手につかないのです」

「本人はどう言っているの」

「ねねは夫婦になってもいい、と言ってくれているのですが親族が駄目です。わたしのような身分の低い男に娘はやれぬの一点張りで」

木下様の言葉は血を吐くような雰囲気だった。それにしても戦の最中に言うことが結婚のことというのはどういうことなのだろう。

よく見ると泣いていた。

結婚するしないで泣くのか、この人は。

皐月からするとそこはよくわからない。恋をしたことがあるわけではないからだ。般若介《はんにゃのすけ》は近いかもしれないが、泣くような相手ではない。

帰蝶様はすごく真面目な顔で木下様に頷いてみせた。

「わかった。必ずねね殿と夫婦になれるようにはからうわ。だからこの戦を何とかして。あなたがいないと困るのよ」

「本当でございますね」

「嘘は言わないわ。ただし、少し時間はかかるわよ。今日願って、明日夫婦になれるわけではないから、そこは我慢しなさい」

「わかりました。戦をしながら待つとします」

木下様の表情がぱっと明るくなった。こちらが本来の表情なのだろう。

それにしても、ねね様というのはどんな女の人なのだろう。戦場で男が泣くというのはよほどのことに思われる。

木下様が去ったあと、帰蝶様はごく普通の顔で皐月のほうを見た。

「お腹《なか》が空《す》いたわ」

帰蝶様のための小屋の中で食事を作る。

「この小屋も藤吉郎が作ったのよ」

「建物を建てる才があるのですね」

「彼には様々な才能がある。今後上総介を支えていく一人には違いないわ。ただし、一人では何もできないのよ」

「どういうことですか」

「ねね殿がいないと全然役に立たないの」

帰蝶様は苦笑した。

「ねね様というのは帰蝶様のように木下様と天下の話をするのですか」

「多分してないわね。膝枕をしたり、耳掃除をしてるのではないかしら」

　皐月は、なんとなくもやもやした。

「信長様にしても、前田様にしても、奥方の膝枕で眠っているように見受けられます。木下様も膝枕で眠るのですか。一国を率いるような武将がどうして膝枕で眠るのでしょう」

「器が大きいからよ」

「全然繋がらないように思います」

　皐月が反論する。

「それが繋がっているのよ。男っていうのは、外で気を張って生きてるほど、家の中では甘えん坊の子供のようになるの。そういう場所を用意してあげるのが女の役目よ。子供を産んであげることは誰でもできるけど、膝枕の場所になってあげるのはなかなか大変なのよ」

　それから帰蝶様はくすりと笑った。

「この戦が終わったらねね殿と会ってみましょう」

　そんなことを言っているうちに敵が攻めてきた。

　味方が次々と小屋の中から出てくる。眠ったせいかみんな元気である。

「食べずに出陣してはならぬ」

あちこちから声がかかった。一口でも二口でも、何か食べてから槍を持って出かけて行くのが見える。

敵の数は相変わらず多い。しかし、今度は明らかに信長様の軍がおしていた。敵ははっきりと疲れを見せている。

夜明けを待たずして相手は撤退していった。

「追わなくて良い」

信長様は満足したようだった。

用心のために夜明けまでは西軽海に止《とど》まったけれども、敵が完全にいなくなったのを確認すると引き上げた。墨俣の砦ではなくて清洲の城までさっさと引き上げたのだった。

城に引き上げて帰蝶様が最初に手をつけたのは木下様の結婚である。

その日、帰蝶様は表情を曇らせて、ため息をついた。

「どうやって説得したものかしらね」

「ねね様の親族ですか」

「ええ。ねねという娘は、美人で気立てが良くてとにかく文句の付けようがない。だから良い縁談がかなりの数あるのよ」

「それなのに木下様がいいのですか」

「そうみたいね」

確かに木下様は機転が利きそうで、出世もするような気がする。しかし見た目も良くないし、夫にするには面倒くさそうな気もする。

「ねね様は木下様のどこがいいのでしょうね」

「天下を取りそうな所じゃないかしら」

「信長様ではなくて木下様が取るのですか」

皐月が言うと、帰蝶様は声を上げて笑った。

「誰が天下を取るかなどと、取ってみるまではわからない。でもね、器のない人間のところに転がり込んでくるほど甘くもないでしょう」

木下様のどこにそのような器があるのかはわからないが、とにかく立派な才能を持っているのには違いない。

「明後日ここに来るようにねねを呼んだから。何か作ってあげて」

「猪ですか」

「彼女はそういう方向性ではないわね。ご飯と味噌汁と漬物くらいでいいわ」

「わかりました」

返事はしたが、これはなかなか難しい。

まともなおかずなしで美味《おい》しいものを作れということだからだ。何の意味もなくそんなことを言う帰蝶様ではないから、謎かけがあるのだろう。

なるべく美味しいものを出すことにした。

二日たった昼、ねね様が訪ねてきた。

一目見た瞬間、自分が親族だったら木下様との縁談には反対しそうだ、と思った。

物腰の柔らかいおっとりした美人で、見た目ということなら木下様にはもったいない。そしてこういう人の膝枕は気持ちがいいだろうな、とも思う。

その上若い。十三歳か十四歳といったところだ。

ねね様は、帰蝶様の前に座ると、両手をついて頭を下げた。

「家の藤吉郎がご迷惑をかけてすいません」

「彼の活躍は目を見張るようなものなの。迷惑ではないのだけどね。ねねと結婚できなければ何もかもおしまいだと言って泣くのです」

「甘えん坊ですからね。藤吉郎は」

「なんとかならないかしら」

「わたしは藤吉郎と夫婦になるつもりです。とにかく両親の反対がひどい。兄は中立なので兄を味方につけられるといいのですが」

「どうすればいいの」

「信長様に声をかけていただいて、藤吉郎の元に嫁《とつ》げと言っていただくのが一番効果があります」

「後々禍根が残ることはないかしら」

「藤吉郎は出世するでしょうから。出世さえしてしまえば文句を言う親はいませんよ。はずれを摑《つか》みたくないだけなのです」

親の気持ちとしてそれはわかる。はずれの夫を引いてしまったら取り返しがつかないことが多いからだ。

木下様に器があるのかどうか、親としてはわからない。家柄とか財産とか、もっとわかりやすいものと結婚させたいに違いない。

ただ、ねね様はそういったものに興味はなくて、木下様の何かに魅《ひ》かれたのにちがいなかった。

「木下様のどこがいいのですか」

皐月は思わず訊いた。

「城の普請のことを語るときの顔が好きです。あと膝枕で寝るときの顔」

「また膝枕ですか」

皐月が言うと、ねね様は不思議そうな顔をした。

「また？」

「何でもありません」

帰蝶様はにこにこと笑うと、ぽん、と手を打った。

「藤吉郎のことは任せなさい。とりあえず食事をしていくといいわ」

皐月は、帰蝶様に言われた通り、ご飯と味噌汁、そして茄子の塩漬けを出した。

「塩漬けなんですね」

ねね様が感心したように笑顔を作った。

突っ込むところはそこなのか、と思う。漬物といえば基本は味噌漬けである。味噌で野菜を漬けた時の香りから「香の物」とも呼ばれている。

那古野《なごや》には塩田があっていい塩がとれる。その一部が、熱田《あつた》神宮に奉納される。神社で清められた塩を使って漬けた漬物は「神の物」と書いて「こうのもの」と読む。

大切な戦の時には信長様は必ずこれを食べる。桶狭間《おけはざま》の時にも、湯漬けと一緒に食べていたらしい。

皐月のところには清めた塩はたくさん来るから、漬物にはよく使う。

ねね様は、美味しそうに漬物を食べて、ご飯を食べて味噌汁を飲んだ。

「おかわりいいですか」

そう言うと全部おかわりをする。

「いい食べっぷりね。そういうの好きだわ」

帰蝶様が言う。

「これは美味しいです。炊き方が上手なのですね」

「皐月は料理が上手なのよ」

「そうみたいですね。ありがとうございます」

ねね様は笑顔でこちらに頭を下げた。

このご飯と味噌汁にはどのようななぞかけがあるのだろう。帰蝶様とねね様はなんとなく通じ合っている気がする。料理を作った皐月だけがわかっていないようだ。

「では、それでいいわね」

帰蝶様が言った。

「もちろんでございます」

ねね様が頭を下げる。

それからねね様は帰って行って、帰蝶様も上機嫌だった。

「一体何だったんですか。わたしが作ったのはただの味噌汁ですよ」

「ご飯が美味しかった。普段よりずっとね。あれは何なの」

「簡単ですよ。お米だって生き物だから、一粒一粒大きさが違うんです。それをごっちゃにして炊くと味が揃《そろ》いません。なので同じような大きさの米だけ集めて炊いたんですよ。そうすると統率のとれた軍みたいなもので美味しいのですよ。大変だから普段はそんな面倒なことはしないですけれどね」

「よくそんなこと考えるわね。でもおかげで助かったわ」

「何が助かったんですか」

「織田家はまだ贅沢《ぜいたく》できる身分ではないけど、味はいいって言ったのよ」

心の中でそんな会話があったとは全くわからなかった。そうは言っても自分の料理のおかげで何かがうまくいったならそれに越したことはない。

それからしばらくして、帰蝶様が再び料理のことを口にした。

「猪を煮て。今度は五人分ね」

「どちら様ですか」

「上総介とわたくし。藤吉郎、ねね。そしてねねのお兄様よ」

話がうまくまとまったお礼ということだろうか。しかしそれならもっと人数が多いか、二人だけのような気がする。

まだ何かありそうだった。

数日して、信長様が三人を伴ってやってきた。木下様の顔を見る限り、悪い状況ではないらしい。

ただ、兄という人の顔色はあまり良くはない。

ご飯と茄子の漬物。そして猪の味噌煮を出した。木下様は嬉しそうな顔をした。ねね様の表情は普通。兄上様は少々嫌そうな顔をする。

「ここで猪をごちそうになると出世するらしいですな」

木下様がにこにこと笑う。

「そのような噂があるのか」

信長様が興味深そうに言った。

「もちろんでございます。みな、ここで猪を食べたいと思っておりますよ」

木下様がそう言ったとき、帰蝶様の顔色が曇った。周りの人にはわからないかもしれないが、皐月にはわかる。

木下様の、猪を食べたい、という言葉に反応したようだった。

「信清《のぶきよ》のことなのだが」

不意に信長様が口を開いた。

「どう思う」

信清様は信長様の従兄弟《いとこ》だ。ついこの間まで一緒に戦っていたのだが、十四条の戦いのあとで突然斎藤龍興と手を結んで信長様に反旗を翻した。

犬山城《いぬやま》に立てこもって美濃の先兵となっている。

「信長様の邪魔をするのであれば落ち延びていただくしかないでしょうな」

「殺すのではなくて、落ち延びさせるのか」

信長様が言うと、木下様は仰々《ぎょうぎょう》しく平伏した。

「信長様のご親族に対して殺すなどという言葉を使うことはとてもできません。争っていたとしても願わくば生きておいてほしいものです」

「いくらなんでもそれは見え透いておるだろう。追従《ついしょう》を言うのは構わぬが、もう少しうまく言ったらどうだ」

「本気でございます。お世辞や追従などは母親の腹の中においてまいりました」

木下様が真面目に返す。

「追従でございます」

ねね様がすました顔で言った。

「お前は敵なのか」

木下様が目を剝《む》いた。

その顔があまりにも真剣だったので、信長様は声を立てて笑った。

これはいい合いの手だ、と皐月は思う。信長様は露骨なおべっかは嫌いである。ねね様はうまく場をなごませたようだ。

それから信長様は、兄上様に目を向けた。

「この藤吉郎は、わしにとっては大切な男でな。ところが、ねね殿がいないとなにも仕事ができぬと泣くのだ。この男はな、ねね殿がおらねば消し炭のようなものだ。そこで一つ、孫兵衛《まごべえ》殿に相談をしたいのよ」

ねね様の兄上は孫兵衛様と言うらしい。それにしても信長様は変わっている、と皐月は思う。皐月の考える領主というものは、こういう時は上から命令してなんとかする。少なくとも美濃のお館様はそうだった。

それが、困った顔で相談しているのである。

これは性格というものだろう。どう言ったらいいのかわからないが、信長様は天下を狙っている割には天下に対しての欲がない。

自分が天下を取ったほうが民にとって都合がいいだろう、というような意識を持っている様子だ。

欲がないから少しちぐはぐになってしまうのかもしれない。

「相談なのですか。お命じになるのではないのですか」

「夫婦や親族のことを命じてどうする。お前は今日からこいつのことを好きになれ、と命じれば解決するならこれほど簡単なことはない。しかし人の心はそうではないだろう」

信長様が顔をしかめた。孫兵衛様が思わずふきだす。

「ご無礼仕《つかまつ》りました」

真面目な顔で居住まいを正す。

「形式など気にせず良い。なんとか知恵を出してくれないか」

「そこまで言われては仕方がありませんな。確かに二人とも好きあっております。ただ、母はそこも気に入らないのです」

「好きあっているのがですか？」

皐月が横から口をはさんだ。孫兵衛様が大きくうなずく。

「家の都合ではなく、自分の好き嫌いで結婚するなどけしからんということですね。その上、相手の身分が低いのですから相当嫌っています」

確かにそれはそうだ。そこらの村人ならともかく、ある程度の名家に生まれたのであれば自分の気持ちで結婚などできない。

「信長様のお気持ちはわかりました。それにこの妹はいざとなったら駆け落ちをしてでも結婚するでしょうからな」

木下様は、みんなが話している間も気にせず猪を食べていた。信長様も普通にたくさん食べている。

信長様もそうだが、木下様は全く物怖《お》じをしないようだ。

どんなに豪胆に見えても、柴田様や前田様はどこか信長様の顔色を窺《うかが》うところがある。ところが木下様にはそれがない。

先ほどの見え透いたおべっかとは全く違う様子である。

自分の中に芯《しん》が通っているから平気でおどけることができるように見えた。

「結婚のことはうまくはからうゆえ、仕事に励むと良い」

信長様に言われて、木下様は改めて平伏したのだった。

「猪を出すのはやめたほうがいいかしら」

木下様が帰った後、帰蝶様が不機嫌に言った。

「どうしてですか」

「ここで猪を食べるのが名誉になっている。このままだと、猪を食べた食べないで、上下ができてしまう。争いが起きるかもしれないわ」

それはそうだ。猪を食べていないから、大した手柄を立てていないと思われてはたまったものではない。

「そうは言っても、お茶だけ出して帰すわけにもいかないでしょう。猪はそのままでいいのではないですか。でも、猪以外もまぜましょう」

「なにを」

「蛇とかどうですか」

皐月が言うと、帰蝶様はくすりと笑った。

「そうしましょう」

梅雨がやっと終わって、そろそろ暑くなってきた頃、どやどやと帰蝶様のもとに男連中がおしかけてきた。

柴田権六、前田又左衛門、森可成《もりよしなり》といった面々である。織田家の中でも名うての猛将ばかりである。

全員が困り果てた顔をしていた。

「どうしたのですか」

皐月が聞くと、前田様が頭を下げた。

「帰蝶殿に取り次いでいただきたい」

全員を広間に通してお茶を出す。

まもなく帰蝶様がやってきた。

「どうしたのですか」

森可成が口火を切った。

「殿をおいさめしていただきたいのです」

「何があったのですか」

「信長殿が、二宮山《にのみややま》に本拠地を構えるとおっしゃったのです。全員家族共々そちらの方に引っ越せとおおせです」

二宮山というのは、清洲城から少し離れた山である。距離としては半日というところだろうか。しかし、住むとなると全く違う。二宮山はまさに山だ。山を降りるまでは山しかない。何か欲しいものがあったとしたら、清洲まで戻らねばならぬかもしれない。

辺境に流されるという心境だろう。

「犬山城を攻め落とすのには都合のいい場所ということですね」

「そうかもしれませんが、その前に我々が参ってしまいます。いくらなんでもあそこに住めというのはひどい」

前田又左衛門が唸《うな》る。

「もう少しましな場所なら我々も喜んでお供します」

森可成が渋い顔で言う。森可成という人は、元々美濃の守護大名である土岐《とき》家に仕えていた。お館様が美濃を乗っ取ってしまったので織田家にやってきた人だ。

信長様とは大変仲がよい。顔だちもすっきりとした役者のような顔をしている。こう言ってはなんだが信長様は美形型に弱い。同じ罪をおかしても、美形だとなんとなく許してしまうところがあった。

「では聞きますが、犬山城を脅かすうえで他に良い場所がありますか」

そう言われて、三人は顔を見合わせた。

「二宮山でなければ、さして文句はないです」

「小牧山《こまきやま》はどうですか」

「あそこならいいです」

三人とも大きく頷いた。

小牧山は麓《ふもと》に川が流れ込んでいるから、船を使えば交通の便も良い。資材を運ぶのも二宮山と違って楽である。

犬山城を包囲するにしても便利である。

信長様がそのくらいのことを知らないとは思えない。清洲城は人も多くて店もあるから、引っ越すのは誰だって嫌だ。

小牧山にしても、最初から言われていれば反発もあるだろう。

しかし、二宮山と言われた後なら、まだましだと思って引っ越すに違いない。

信長様と上手《うま》く協力したように見えた。

この事があったせいか、小牧山への引っ越しはあっさりと終わった。

この引っ越しは、信長様を裏切った信清様に対してのものである。犬山城をいつでも攻められますよという印だ。

そして、犬山城の支城である小口《おぐち》城、黒田《くろだ》城へはもっと近い。

「また戦ですか」

皐月が訊くと、帰蝶様は首を横に振った。

「こんなことで味方を殺したらつまらないわ。誰も死なせない。だから戦もしない」

「策略だけですか」

「大した策略もいらないわ。領主なんていうのは、領地があるから意味があるの。こうやって城の動きを封じたら。領地から物を運べないから、あっという間に干上がるわよ」

それから帰蝶様は、双六《すごろく》でもやるかのような表情になった。

「戦はね。人の心を攻めるのが一番いいのよ。誰も死なないし」

それからしばらくして、小口城、黒田城が降伏した。

「案外簡単に落ちるんですね」

皐月からすると意外だった。

「この二つは簡単よ。むしろ長く抵抗したって言ってもいいわね。一日で寝返ってもおかしくなかった」

「そんなに早くですか」

「家臣というのは、別に主君に恋をしているわけではないのよ。中にはそういう人もいるかもしれないけど、利益のために下についてるわけ。なんで裏切らないかと言うと、裏切った後に冷遇されるのが嫌だからよ。裏切る理由があればすぐ裏切るわ」

「今回はあったんですね」

「元々信清は上総介の味方だったのよ。だからその家臣も上総介の味方なわけ。信清が裏切ったからたまたま敵対したに過ぎない。だから裏切りではなくて、元の通り上総介の側につきなさいといえば問題ないのよ」

確かにそうだ。主君に付き合って裏切る必要はない。

「では、戦は犬山城だけなんですね」

「それもしないわ。この戦が終わったら藤吉郎はねねと結婚するから。藤吉郎が犬山城を落とすでしょう」

「木下様が落とすんですか」

「そう。彼は建物を建てるのが上手だから」

皐月には言葉の意味がわからない。

が、すぐにわかった。

信長様は、犬山城の周りを囲むようにして砦を作った。八つも作った。そうなると、外出もままならない。

幸い犬山城のすぐ後ろは川である。川を伝って逃げることはできる。美濃側に逃げることも簡単だ。

尾張を捨てれば誰も傷つかない。

信清様を追撃する気がないのは砦の作り方でもわかる。

結果として、犬山城の兵士はみんな逃げてしまって、誰も傷つくことなく城は落ちたのだった。

「案外楽に勝てますね」

「この戦いはね。しばらくするとまた厳しいのが来るけど」

帰蝶様の言う通り、しばらくは楽だった。

木曾《きそ》川を渡った鵜沼《うぬま》城、猿啄《さるばみ》城は簡単に落ちた。こちらは砦を築いただけである。

建築物だけで城がおちるのはいかにも楽だった。

そして加治田《かじた》城も落ちた。美濃の佐藤忠能《さとうただよし》が味方についたのである。

これは大きい。佐藤は斎藤義龍様の重臣である。重く用いられていて、信長様への備えをになっていた。

簡単に裏切るような立場ではない。

「美濃に何か起こってるのでしょうか」

「もちろん起こってるわ」

帰蝶様がすまして言った。

「何かやったんですか」

「いつも陰謀を企《たくら》んでるように言わないで。最近白野《しらの》の姿を見ないと思わない？」

「そういえば見ませんね」

「美濃を落とすように頼んだから」

帰蝶様がにこにこと笑う。なんだか魔性の笑みという感じがする。

「刺客ですか？」

「龍興を殺しても代わりが立つだけよ。龍興を駄目にしないといけないの」

「え。白野さんが行ったのって、もしかして」

「龍興に女の味を教えに行ったのよ」

そういうことか、と皐月は納得した。

主君が女に溺れれば、家臣としては不安になる、かといって、溺れている最中に意見するのは恐ろしい。

はらはらしながら見守るしかないのである。

「そうはいっても主君のために無理やり白野さんを殺したりしないんですか」

「そうならないために白野を送ったのよ。露骨に悪女に見えるような女ならすぐに取り除かれてしまうでしょう。むしろこの女がついていれば名君になるのではないかと思わせるのが大切なのよ」

「それだと簡単には駄目にならないのですね」

「それは都合が良すぎね」

帰蝶様がくすくすと笑う。

「それにしても、戦っていろいろあるんですね」

「そうよ。男って頭はいいけど心は弱いからね。そこにつけ目があるの。しっかりとつけこんでいけば天下が取れると信じているわ」

頭はいいけど心は弱い。それは信長様を見ているとなんとなく納得できる。

「しばらくは大きな戦はしないわ。天下を取る準備をしないとね」

「なんですか？」

「上洛《じょうらく》よ」

「上洛ですか？　どうやるんですか」

皐月は思わず訊き返す。もちろん天下を取るうえでは絶対に必要である。しかし織田家は将軍家とはほとんど関係がない。

どういう形で上洛するのかわからなかった。

「将軍が頼ってきた時に、受け入れる」

「いや、なんですか、それは。おかしいでしょう」

　皐月が反論する。

「なぜ？」

「将軍が信長様を頼るわけがないじゃないですか」

「あるわよ」

「なんでですか」

「真っ直ぐだからね」

「意味がわかりません」

　帰蝶様は、どう説明しようか、というように一瞬宙を見た。

「今京都にいる連中はね、三好《みよし》にしても松永《まつなが》にしても、近くにいる六角《ろっかく》にしても、将軍を尊敬する気は全くないの。もちろん上総介が将軍を慕っているわけではないけど、ふりくらいはできるから」

「武田《たけだ》もいれば上杉《うえすぎ》もいるではないですか」

「京都からは遠いのよ。本当は美濃とか駿河《するが》がいいのだけれど、そこは上総介がもうやってしまったからね。頼りがいがあるとなると上総介なわけ」

「信長様って案外成長していたんですね」

「してるわよ。あれでなかなかいっぱしなの」

皐月は戦に出ているわけではないから、実感はない。それでも着実に成長しているのであればそれは嬉しいことだった。

「これからやらなければいけないことが少し増えるわね」

「何をするんですか」

「同盟よ。上総介の子供をあちこちに嫁がせないとね」

帰蝶様には子供はいない。

そういえば、他の女が信長様の子供を産むということはどう思っているのだろう。

「帰蝶様は信長様の子供を産みたいとは思わないのですか」

「思わないわ」

帰蝶様があっさりと言う。

「どうしてですか。子供が欲しいって割と普通な気がします」

「わたくしの欲しい天下というのはね。子供に譲りたいと思うようなものではだめなのよ」

「どういうことですか？」

「子供を産むとどうしても気持ちが母親になってしまうでしょう。そうすると子供のための天下になってしまうような気がする。上総介のことも、子供の父親として見てしまうかもしれない。そういうのは嫌なのよ。上総介はずっと恋人で、天下はわたくしと上総介のものでなければいやなの。子供に分けたくないのよ」

帰蝶様の意見はすごくまっすぐな気がした。

そして、帰蝶様はそれでいいのだ、となんとなく思ったのだった。

佐藤忠能様が寝返った美濃軍だが、さすがに放置はしてくれなかった。岸信周《きしのぶちか》様親子を大将とした堂洞《どうほら》城に続々と兵士が集まっていく。これを倒さないと美濃攻略はおぼつかない。

その日、帰蝶様は陣羽織に鉄砲といういでたちで皐月の前に立った。

「行くわよ」

「どこにですか」

「戦。白野がいないから」

そういえば鉄砲隊の指揮をとっている白野さんを斎藤龍興様攻略のために出してしまっているのだった。

「ご自分で指揮を取られるのですか」

「今回は上総介も先頭で指揮を取るって言っていたしね。わたくしもやります」

帰蝶様にそう言われては仕方がない。皐月も行くことにする。

「今日は風が強いから、なんとかなるでしょう」

帰蝶様が相変わらずよくわからないことを言う。

堂洞の砦は、三方が谷になっていて、まともに攻められるのは一ヵ所だけである。信長様は松明《たいまつ》をたくさん用意されて、砦の中にどんどん投げ込んでいく。

風に煽《あお》られて、砦が燃えていく。それでも、敵は全く怯《ひる》まなかった。信長様の軍は十八回突撃して十八回押し戻された。

火が回って二の丸が焼け落ちると、やっと本丸に軍が入れる。

帰蝶様は銃を撃ちながら前に出て行った。頬が血に染まっている。

その姿が妙にきれいで、皐月は思わず見とれてしまった。

「どうしたの」

「きれいだと思って」

「ありがとう。でも血でベタつくのは気分がいいものではないわね」

そう言って帰蝶様は笑った。

正午から始まった戦いは、夜になってやっと終わった。信長様は、佐藤忠能様のいる加治田城に泊まった。

そこで佐藤忠能様をねぎらって、深く感謝をされた。

翌日、帰ろうとしたときのことである。

「敵が追撃してきました」

丹羽《にわ》長秀《ながひで》様が、少々緊張した声を出した。

斎藤龍興の軍勢が、加治田城を攻めてきたのである。その数は三千。こちらの軍は、まともに戦えるのは八百である。

「またこれですか」

皐月が言うと、帰蝶様が楽しそうに笑った。

「またこれ、というやつね。でも気にしなくていいわ。あの三千はたいしたことないから」

三千対八百というと絶望的に見える。しかし、城にこもった上に、休息をとった八百である。

急いでやってきて疲れた三千ではなかなか勝つことができない。おまけに、鉄砲隊と弓隊がとにかく撃ちまくる。

敵兵は城の手前でやられていく。

「矢弾が尽きるまで決して突撃してはならぬ」

帰蝶様が叫んだ。

ある程度撃ったところで足軽が突撃して勝負を決めるのが普通である。しかし、帰蝶様はそれを戒めた。

遠くから撃てるものが全部なくなってから突撃すればいい。一人でも二人でも相手を多く削りとったほうがいいに決まっている。

城から信長様の軍がうって出た時には、相手の数はもう半分になっていた。士気も大きく下がっている。

結局、こちらの犠牲はほとんどないまま、相手は逃げていった。

「これでしばらく、美濃は小休止ね」

そういうと、帰蝶様はにやりとした。

「あとは龍興が腐っていくのを待ちましょう」

二章

「吉乃《きつの》に嫌われている気がする」

帰蝶様が突然言った。

「どうしてそう思うんですか」

「気配かしらね」

帰蝶様が首をかしげた。

吉乃様というのは、信長様の側室である。最近お気に入りで、子供も産んでいる。

「わたくしには子がいないから、大きな顔をしてくれて良いのだけれど」

帰蝶様が釈然としない顔をした。

「何か言われたのですか。そうは言っても、顔を合わせる機会などどこにもないような気がしますが」

吉乃様は信長様の家臣、生駒家長《いこまいえなが》様の妹である。桶狭間でもかなり活躍した人で、信長様としても頼りにしている。

吉乃様はおっとりとした美人で、帰蝶様とは反対の印象を持っている人だ。なぜこちらが嫌われるのかわからない。

「もちろん直接言われたわけではないわ。礼節はわきまえてると思うし。口の軽い侍女たちの単なる噂話よ」

「そんなことを信じるんですか」

「そうね。一応信じておくわ。誰かに悪意を持たれているのであれば、気にしておいた方がいいでしょ」

そう言いながらも、帰蝶様はなにも感じていないようだった。

「いやな気分ですか？」

「気分で言うなら、何も感じないわね。ありそうなことだな、とは思うわ」

「信長様を取り合ってるということでしょうか」

「そうなるわね。欲しい部分は違うんだけど、彼女にはわからないでしょうね」

「吉乃様が欲しい部分は帰蝶様には必要ないのですか？」

「ない」

帰蝶様はあっさりと言った。それはそうだな、と皐月も思う。吉乃様は、間違っても自分の手で天下をつかみたいとは思っていないだろう。

自分の娘がどうなるか、とか、息子がどうなるか、ということが大切なのだ。自分の人生というのはなんとなく付け足しのようなものだ。

帰蝶様は、あくまで自分の人生は自分が主役である。信長様のことが好きだろうと何だろうと主役は自分。ここは全く動かない。

皐月は帰蝶様のそういうところが大好きだ。憧れていると言ってもいい。

皐月の人生は、主役は帰蝶様である。もちろん自分が主役の部分もなくはないが、帰蝶様が主役の舞台の端にいるという気持ちが強い。

帰蝶様のように、自分の人生の主役は自分だと言える女はどのくらいいるのだろう。ほとんどいないのではないか。

「わたくしのことは気にしなくていい、とわかってもらえるといいのだけれど。考えてもしょうがないしね。娘を産んでくれているのは嬉しいところね」

「なぜですか」

「松平元康《まつだいらもとやす》の息子に嫁入りさせるから。もう話し合って決めたわ」

「誰とですか」

「上総介に決まってるじゃない」

帰蝶様が当たり前のように言った。自分の命でも天下取りの道具と考えるような帰蝶様だけに、吉乃様の娘など、碁石よりも軽い存在なのかもしれない。

といっても、悪い話でもない。松平家は今は独立していて織田にとっても大切な相手となっている。

「松平としても、うちと同盟しておかないと苦しいでしょうからね」

「今川と敵対する覚悟を決めたということでしょうか」

皐月がきくと、帰蝶様は首を横に振った。

「三河《みかわ》がまとまらないのよ。一向宗《いっこうしゅう》が暴れててね」

「ああ。あの人たちですか」

君主にとって、一番厄介なのは暴れる一向宗である。何と言っても、死んだら幸せになれると思って戦ってくる。

恐怖を感じないから逃げてもくれない。しかも、普通に暮らしているはずの村人がある日槍を持って向かってくるのだ。これはなかなかに怖い。

「領民から刀を全部取り上げたらどうでしょう」

木下藤吉郎様などはそういう主張をしていた。

しかしこれがなかなか難しい。敵が攻めてきた時に、村人が自分の武器で戦って土地を守ってくれることも多い。

世の中が完全に平和にならない限り、村人から武器を取り上げるのは無理だ。

「一向宗と戦いながら、他の国とも戦うのは無理よ。だから松平としてはどうしても織田と同盟を結びたいでしょうね」

「前に結んだではないですか」

「口約束なんて、いつ破られるかわからないでしょう。結婚したからって守るわけでもないけど、一応口約束よりはましだからね」

「それなら、いい話ではないですか。吉乃様が帰蝶様を嫌う理由がわかりません」

「そんなの簡単よ。母親だからね」

「母親だとどうなんですか」

「上総介の子供を産んだ自分の方がわたくしよりも上だと思っているの。それなのにわたくしと上総介が相談しているのが気に入らないのでしょう」

「それは仕方がないでしょう。帰蝶様が正妻なのですから」

基本的に家の事は妻が取りしきる。直接の軍事的なことはともかく、内政においては妻の役割が大きい。

ここにおいては、正妻と側室は全く立場が違うのである。

そしてどうやら、自分の立場が下なことが腹立たしいようだった。

「女の戦いはやりたくないの。天下を取りたいのであって、上総介の寵愛争いなんてしたくもないわ」

帰蝶様は本当に嫌そうだった。

それでも、織田家としては、松平家との婚姻、上杉謙信《けんしん》様との婚姻、武田信玄《しんげん》様との婚姻と、順調に同盟を結んでいった。

そして、永禄《えいろく》八年の五月になって。

将軍足利義輝《あしかがよしてる》様が三好長慶《ながよし》様と松永久秀《ひさひで》様に殺されたのである。

「わたくしの時代が来た」

その知らせが届いたとき、帰蝶様は拳《こぶし》を握りしめた。

「まだ来てないと思いますが」

「いいえ。来た」

帰蝶様は確信を持っているようだった。

「新しい将軍は必ず上総介を頼ってくる」

「帰蝶様がおっしゃるならそうなのでしょうけど、わたしには理由がわかりません」

「他に頼る相手がいないからね。そもそも前の将軍を殺した三好や松永を頼るのはなかなか苦しい。近場にいるとしたら六角だけど、この人も三好の仲間なのよ。今頼れるとしたら朝倉義景《あさくらよしかげ》かしらね。でも、この人も一向宗に手を焼いているからね。どのくらい将軍の面倒を見られるかわからない」

「詳しいですね」

皐月は感心した。尾張にいたままよく分かるものだと思う。

「道のせいね」

「道ですか」

「いま、尾張の道を普請しているでしょう」

「あの並木道ってやつですね」

最近、尾張では広い道を作っている。幅は三間半で、なおかつ両側に松や柳を植えていた。景色もいいし、木が植わっていると安心感もある。

その上で、信長様は商人を徹底的に保護した。今までは座《ざ》という組合に入らないと簡単には商売できないようになっていた。それを撤廃して、誰でも自由に商売をできるようにしたのである。

諸国から気楽にやってこられるように道を整備した。陸路だけではない。港も整備し、宿も整える。

ふらりと遊びに行きたくなる国を目指していた。美濃との戦いで焼けてしまった町などには特に気を使った。

「とにかく、人が増えなければ国は立ち行かないわ。住んでくれる人ももちろん、行商に来る人たちも増やしたいのよ。その結果様々な情報が手に入るわ」

「それでいろいろご存知なんですね」

「そうよ。上総介に天下を取ってほしいと思う商人を増やしたいの」

「武士じゃなくて商人なんですか」

「ええ。武士と違って商人は儲《もう》かることがしたいからね。上総介と付き合えば儲かると思えば、色々なことが有利になるのよ」

「どんなことですか」

「まずは仕入れ。戦というのは兵士だけいてもダメだから。食料もいるし武器弾薬を含めてとにかく資材がいる。お金がなければ戦は負けよ。ましてや将軍を匿《かくま》うとなると今までよりもいるでしょうね」

「素朴な質問していいですか」

「なにかしら？」

「将軍て何をする人なんでしょうね。よくわからないんです」

皐月が尋ねると、帰蝶様は腹を抑えて笑った。

「その質問は好きよ。誰も答えられないような質問ね」

「そんなに難しい質問なんですか」

皐月が言うと、帰蝶様は大きく頷いた。

「そうね。難しい。あえて言うなら生きていることが仕事なのかしらね。むしろ、何もせずに蹴鞠《けまり》だけしてくれているような将軍の方がありがたいわ」

「それだと退屈なんじゃないでしょうか」

「退屈なのよ。それが問題なのよね」

帰蝶様は考え込むような表情になった。

「退屈だと辛《つら》いと思います」

「皐月は、退屈だったら何をする?」

「畑でも耕すかもしれません」

皐月が言うと、帰蝶様は全くだ、という顔になる。

「みんなが皐月みたいに平和でいてくれるといいんだけどね。将軍というのは、自分では武力は持たない。けれども将軍を頂いていないと天下を握れないから大切にされる。名誉だけ持っていて中身は持たないの。言ってしまえば、いつも誰かの顔色を窺いながら、天下で一番偉いという状態なのよ」

「それは面倒くさいですね。心が歪《ゆが》みそうです」

「そうよ。将軍というのは心が歪んでるのよ。だけどうまく付き合っていかないと天下に号令できない」

「無視できないんですか。だって強くはないんでしょう」

今一番大切なのは強いということだ。そうでなければ滅ぼされてしまう。将軍だけが強くなくていいということはないと思えた。

「将軍というのは、皆が共同で見ている夢だからね。将軍のもとに天下がまとまっているという淡い夢なのよ」

みんなで同じ夢を見るなら、それは確かに本当のものだろう。

「もし誰かが、将軍なんていらないって言い出したらどうなるんですか」

「殺されるわね」

「みんなで夢からさめたりしないんですか」

「しないわね。いつか覚めるのかもしれないけど、少なくともわたくしたちが生きている間ぐらいは覚めない」

「何ででしょうかね」

「人間は、自分より上の何かがいないと駄目なのよ。心が落ち着かないの」

それはなんとなくわかる。皐月も、帰蝶様に仕えているから人生がなんとなくうまくいっているのだ。

もし帰蝶様がいなくなったら、なにをして暮らしていいかわからない。

「心の漬物石のようなものなんですね。将軍は」

「ひどいたとえね。でもそういうこと」

それから、帰蝶様はふふ、と笑った。

「でもね。この漬物石にはお金もかかるし、血も流れる。天下を抑える漬物石だからみんな欲しがっているものね」

そうだとすると、信長様は天下を相手に戦をすることになるのだろうか。いくら信長様が強かったとしても身がもたないような気がする。

「だから同盟なんですね。天下を相手に戦をするから」

「そうよ。とにかく敵が多いからね。こう言ってはなんだけど、天下を狙うなんてまともな人のやることではないわ」

自分だって狙っているというのに、帰蝶様は楽しそうに笑った。

天下を取るためには何十万人という人の血も流れるだろうし、家も焼けるだろう。

「たくさんの人の血を流して天下を手に入れたらどうなるのですか」

「血が流れなくなるわ」

「そのためにたくさんの血が必要なんですね」

「そうよ。楽に手に入るようなものではないから、見返りも大きいのよ。犠牲がいらないようなものは見返りも大したことはないわ」

帰蝶様は自分の人生を全部天下にかけているのだから、見返りも大きそうだ。

「夢の奪い合いって大変そうですね」

「天下の夢は楽しいわ。やりがいもあるし」

それから、帰蝶様は少々不機嫌そうな顔になった。

「女の家庭の夢は好きではないけどね」

「吉乃様のこと嫌いなんですね」

「ええ。嫌い」

そういってから、思い直したように笑顔を見せた。

「でも子供を産んでくれるのは好きよ。政略結婚に使えるから」

将軍足利義輝を殺したひとたちは、新しい将軍を擁立するために、足利義昭《よしあき》様を奈《な》良《ら》に監禁した。

擁立するのに監禁するというのはなんだか不思議だが、生きてさえいればいいということだろう。

ある日のこと、信長様がやや不機嫌で、それでいて上機嫌な顔でやってきた。

「何か面白いことが起こってるのですね」

「顔を見てわかるか」

「不機嫌上機嫌な顔です」

「皐月はたまに面白いことを言うな」

それから信長様は唇をゆがめて笑った。

「あれを出せ」

あれ、というのは最近信長様が気に入っている蝮《まむし》鍋である。猪鍋は平気で食べられるようになった武将たちも、蝮は食べられない。みなの驚いた顔が信長様には何よりのごちそうなのだろう。

しかし、今日の蝮は違いそうだ。

「いよいよ美濃なんですね」

「なぜわかる」

「そういう顔ですよ」

「お前もだんだん帰蝶に似てくるな」

それから、信長様は帰蝶様の方を見た。

「意地が悪くなっていくのではないか」

「わたくしはまったく意地悪ではありません。近隣の諸国の方々のように上総介を狙ってもいないですよ」

「ところで、美濃を攻めるというのはやはり足利将軍のためなのですか」

「天下のためだ。将軍のためではない」

信長様はきっぱりと言った。

「言っておくが、わしは将軍などというものに何の興味もないし、そこに権威などなにも感じてはおらぬ。だがな、頭の上に置いておかねばしかたがない。だからせいぜい芝居をしてみせるのさ」

「誰も彼もそんなようなものですよね。それにしても、他の方が先に将軍を捕まえてしまうということはないのですか」

「あるかもしれないが、ないのではないかな」

「どうしてですか」

「将軍を擁立して、上洛させられるとしたらまずは上杉か武田だけだよ。しかしこの二つはどうやっても戦っているからな。将軍を庇護《ひご》するのはむずかしい。だからどちらとも同盟を結んでいるわしが適当なのよ」

そう言って信長様は上機嫌な顔になった。

「それならなんで半分不機嫌なんですか」

「美濃が落ちるのに時間がかかる。龍興はだいぶおかしくなってるらしいが、美濃三人衆というのがまったく崩れないな」

「お父様も兄も大切にしていましたからね」

「わしも大切にしたいな」

どうやら、信長様は美濃でもあまり血を流す気持ちはないらしかった。

そして美濃侵攻は、それからさらに一年以上かかったのである。

ある寒い日。といっても一月の終わりだから少しはましになったころ。

「蝮を用意して」

帰蝶様が言った。

「でもそれだけでは駄目よ。海老《えび》とか貝とか、普通のおいしいものも用意してね」

「二種類用意するのはいいのですが、珍しいですね。信長様はたいがい一種類しか用意しないかたですのに」

「少し気難しいの」

「怒るんですか？」

「泣く」

泣く、というのは意外である。しかしそれならば鰒の鍋など出さなければいいのではないかと思う。

「最初から魚の鍋を作りましょうよ」

皐月が言うと、帰蝶様は首を横に振った。

「どうしても鰒がいいんだって」

言われた通りに準備をする。

夜になって、一人の男性が入ってきた。信長様好みの細面の美形である。確かに繊細そうな顔立ちをしていた。

「明智《あけち》光秀《みつひで》という。よろしくしてやってくれ」

信長様は上機嫌だ。どうやらこの人が気に入っているらしい。

「こいつはすごいぞ。医術の心得もあるし、朝廷にも通じている。わしの天下取りになくてはならない男ゆえ、連れてまいった」

明智様は、繊細そうだが、気は強そうだった。なによりも頭がよさそうだ。

鍋の中の蝮を見ると、ぎょっとしたようだった。

「どうした。美味《うま》いぞ」

信長様は当たり前のような顔をして蝮を食べる。帰蝶様も普通に食べる。

「これはなんでございますか」

「蝮だ。精がつく」

猪くらいにすればいいのに、と思いつつ明智様を見ると、意外なことに笑顔を作って蝮を食べる。

「これはなかなかご馳走《ちそう》ですな。懐かしいです」

「懐かしい？」

「義輝様も食べられていました」

「ほう」

信長様は興味を持ったようだった。

「将軍はこのようなものは食べないと思っていたが、義輝殿は食べていたのか」

「義輝様は武辺のおひとでしたから。それに蛇は体によいのです」

明智様の言葉に、信長様は感心したようだった。

「軍略はどうだ。お前なら美濃をどう落とす」

「まともに戦ってもなかなか落ちません。ここは調略で落としましょう」

明智様の返答はきびきびしていて淀みがない。前田様のように最後は槍で何とかしようという感じでもないし、木下様のように信長様の機嫌を伺うでもない。

自分の考えをまっすぐぶつけてくるという感じだった。信長様からするとかなり好みである。おまけに、平然と蛇を食べたところもよい。

今まで信長様のところに来た武将の中では明智様が一番信長様の心に適《かな》った相手ということができた。

「調略の心づもりはあるのか」

「拙者の配下に美濃に通じている僧侶がおります。その男を通じれば美濃三人衆とてこちらに降《くだ》るに違いありません」

「どうしてそのように思う」

「信長様は戦に勝っても女を売りません。領民に対しても捕虜に対しても優しいです。略奪も許していないでしょう」

確かにそうだ。信長様の軍は略奪をしない。女もさらわない。たとえ笠《かさ》一つでも勝手に持っていったら斬られてしまう。

敵よりも味方に対しての方がずっと容赦がない。だから信長様の軍は降伏しても安心できる軍なのである。

「美濃三人衆が降れば、もはや龍興様は逃げて行くしか残されていません」

「美濃さえ手に入れば龍興などどうでも良い」

信長様は始終上機嫌だった。

食事の終わりに粥《かゆ》を出した。帰蝶様に最後に粥を出すように言われていたからである。粥を見ると、明智様は驚いた顔になった。

「お粥が好きだったでしょう。好みが変わっていなければ」

帰蝶様が言った。

「子供の頃から変わっておりませぬ」

明智様は嬉しそうに粥に口をつけた。

「お知り合いなんですか」

思わず尋ねる。

「いとこよ」

帰蝶様が言う。

「今まで交流はなかったのですか」

「こちらから光秀殿の動向を探る方法はなかった。何と言っても一族が散り散りになってしまっていたのよ」

帰蝶様の言葉を明智様が引き取った。

「我が一族は斎藤道三様の味方でしたので、義龍様に攻められて城は落ち、一族は散り散りになってしまったのです」

明智様はなんとか逃げ延びて、朝倉義景様のところに仕えたり、足利将軍家に仕えたりして今に至るというわけだ。

「ところで信長様にお願いがあります」

「なんだ」

「足利義昭様を奉じて上洛していただきたいのです」

「それは願ったりだ。言われずともやろうと思っている」

「その時、将軍のお相手役をわたくしにしていただきたいのです」

「なんだと」

信長様が不愉快そうな顔をした。

これは腹を立ててしまうかもしれない、と皐月も思う。一つは、そうでなければ美濃攻略に手を貸さないと脅しているように取れる。

もう一つは、信長様には将軍の相手は務まらないと軽く見ているとも取れる。京都からすると、尾張など山猿の住む国だ。言葉では言わなくてもそう思っているのはよく知っていた。

将軍というのはそういった高飛車な意識で生きているものだ。

いい方に考えれば、信長様が不快な思いをしないように、明智様が身代わりを買って出ているとも言えた。

これが木下様なら、信長様をうまく持ち上げていいところをさらっていくだろう。

しかし明智様にはそこがない。

正論は正論だからそれで良い。そういう考えを持っているように見えた。

才能としては信長様の好みなのだが、言動が好みではない。顔と同じぐらい言動が好みならすぐに一番の重臣になれそうなのに惜しいところだ。

「誰が何をするかはわしが決める」

信長様は不機嫌そうに言った。

「わたくし以上の適役はおりません」

明智様がさらにつっぱった。

「なんだと」

信長様が不機嫌を通り越して怒りの表情を見せた。

その瞬間。

「それでいいではないですか。上総介」

帰蝶様が涼やかに割って入った。

「なぜわしが指図をされねばならぬのだ」

「誰もそんなことしてないでしょう。自分で勝手に腹を立てているだけです。藤吉郎だって自分が一番うまくやれるっていつも言ってるでしょう」

そう言われて、信長様は少し落ち着いた。

感情的な人ではあるのだが、冷えるのも早い。

「そうだな。藤吉郎と同じことを言っているだけだな」

そう言うと、機嫌を直して明智様を帰したのだった。


そのあとで。

「上総介。あなたが足利将軍のことを好きなら自分で相手をしても構いません。でもどうせ話も合わないし、好きにもならないでしょう。なんでわざわざ自分で相手をするようなことを言い出すのです」

「そんなことは言っておらん。光秀が適任かどうか決めるのはわしだ。光秀が勝手に決めていいものではないだろう」

「決めていませんよ。お伺いを立てただけでしょう」

「お前はあいつに少し甘いのではないか」

はいはい。と皐月は思った。いとこということで、昔結婚の約束をしていたのではないかとか、子供の頃好きになったのではないかとか、そういうくだらない嫉妬をしているのがよくわかる。

天下を取るのだからそのくらいは気にしなくてもいいと思う。

「わたくしの初恋は上総介ですよ」

帰蝶様は楽しそうに笑った。

「それは知っている」

信長様が顔を赤くした。

怒りの赤さではなくて、照れた赤さだ。明智様への怒りが一瞬で収まるというのはさすがとしかいいようがない。

それにしても、と皐月は思う。

明智様という人はどこか危ういところがある。自分の能力に自信がありすぎるような気がした。

木下様も自信はあるが、地面を転がり回って笑っているところがある。明智様はもう少し高みにいる感じだ。

信長様も、気分を害したという理由で明智様を遠ざける気はないようだった。

美濃攻略は、滝川一益《たきがわかずます》様を中心にはじまった。といってもそれは軍略のほうで、調略は明智様が中心である。

滝川様は四千の軍で侵攻を開始した。といってもほぼ戦はない。美濃は地元の侍の力が強い。中でも、北伊勢四十八衆というひとたちの力が強かった。全部で五十三家ある。四十八衆なのに五十三家なのは、四十八という数が「たくさん」を意味するせいである。二十でも六十でも四十八になるのだ。

滝川様は鉄砲の名手である。そのせいか部下には鉄砲隊が多い。こちらは男性の鉄砲隊なので、鉄砲の他に刀も持っていた。

帰蝶様の鉄砲隊は鉄砲だけである。接近すれば勝ち目はないからだ。しかし、滝川様の鉄砲隊は白兵戦もこなした。

滝川様は、北伊勢《きたいせ》にこつこつと砦を築いていった。信長様の軍勢に共通しているのは、長島《ながしま》に踏み込まないことであった。

伊勢長島は一向宗の勢力下にある。ここに手を出すととにかく面倒なことになるから信長様は避けていた。

本願寺《ほんがんじ》の権力者である顕如《けんにょ》にもまめに手紙を送っていた。三河の惨状を見ているから一向宗に触らないのは織田では常識でもあった。

滝川様は、戦えば滅ぼす。ただし、戦わずに降伏するのであれば、今までの身分は安堵《あんど》する、というお触れを出した。

これは、地侍には効果がある。基本的に自分の領地を守りたい人たちだからだ。ここに来て、斎藤龍興が色に狂っているという話が徐々に響いてくる。この主君で、自分たちを守れるのだろうかという不安である。

現実には、戦をすれば大抵美濃の方が勝っている。それでも信長様の方につきたくなってしまうというのは不思議なことだった。

「結局、人としての魅力が戦には大きく影響するということでしょうか」

皐月は思い切って帰蝶様に尋ねてみた。

「そうね。それはそのとおりだわ。でも、魅力というの難しい言葉よね。例えば優しい人という言葉はあるけれど、優しいというのは本当に魅力かしら」

「優しいのはいいことではないですか」

「絶対に治らない怪我《けが》で死にかけている人にとどめを刺してあげるのと、半日の間、死ぬまで見守ってあげる人とではどちらが優しいと思う？」

その質問はなかなか難しい。少しでも長く生きていて欲しいから、見守るという気持ちもわかる。しかし絶対助からないなら、とどめを刺してあげた方が優しいような気がする。

「わたしならとどめでしょうか」

「では、苦しんでいる仲間を見て、ためらわずにすぐにとどめを刺した、という話を伝え聞いたらどう思う」

「それは少し冷たい気がしますね」

確かに、優しいも冷たいも紙一重の気がする。

「この場合に大切なのはね。戦で死ぬ人が少ないということなのよ。少なければ悲しいことも少ないでしょう。たとえ勝ち戦だったとしても、負けた側の三倍もこちらが死ぬようなことがあってはだめなのよ」

そう言ってから、帰蝶様はため息をついた。

「桶狭間の時、丸根《まるね》や鷲津《わしづ》の砦の人たちを犠牲にするしかなかった。もちろん戦だから仕方がないけれども、ああいうことはなるべくやりたくないの」

それもあって、信長様は調略を重視しているのかもしれない。

「確かに話し合いでケリがつくならそれが一番ですね」

「ええ。でも、それにはとても大切なことがあるの。上総介はそこが少し欠けている」

「何が欠けているんですか」

「皆殺しよ」

帰蝶様は、楽しそうに笑い声を立てた。

「逆らうものは一人残らず、子供まで全部殺す。そういう心が上総介には足りない」

「そこは足りなくていいでしょう」

皐月は思わず突っ込んだ。

お互いの犠牲を減らそうという話をしているのに、どうして一人残らず皆殺しという話になっていくのだろう。

「足りないとだめよ。人が死ぬのを減らすためには皆殺しは絶対必要なの」

「どうして必要なのですか」

「理由はいくつかあるけどね。まず一つは、相手は覚悟を迫られるということ。最初に降伏しなければ皆殺しになる。それがわかっていてなおかつ戦おうというのは勇気がいることでしょう。武士は自分が死ぬことは平気かもしれないけど、自分の妻子も殺されるとわかっていて戦をしたいと思わない人もいるじゃない。無理やり参加させられたとしても家族が気になってうまく戦えないわ」

「そうですね」

「もう一つ。中途半端に生き残ったら上総介への復讐《ふくしゅう》を胸に生きるかもしれない。自分の子供に恨みを吹き込んだら、こちらが知らない間に敵が増えるわ。だから、死んでしまえば復讐を考えることはできない」

「ものすごく理屈の通ったしっかりした考えだと思います。でも、それを本当に実行できる人は少ないのではないでしょうか」

「それなら、天下はわたくしのものね」

帰蝶様はとても嬉しそうに笑う。こういう時の笑顔は最初に会った時とほとんど変わらない。十歳の女の子のあどけない笑顔である。

信長様はまだ皆殺しはしていない。そのうちにするのかもしれない。そしてきっとそれが正解なのだろう。

人間らしい考え方と言われているものは正しいわけではない。感傷的というだけだ。殺さなければいけない時に人を殺すことの方が正しい。

よくわかっていても、皐月には決断できそうになかった。

滝川様や明智様は、その辺りのことはよくわかっているようだった。北伊勢の人たちに対して徹底的に鉄砲を撃つ。

そして砦を作って道を遮断する。

食料を手に入れようとすれば鉄砲に撃たれる。しばらくの間は砦の食料でも繋げるかもしれないが、そう長くはない。

その上で、降伏すれば罪には問わないと言われるのだ。それでもなおかつ抵抗するというのはもはや龍興様は腐った主君なのだろう。

「ところで、龍興様はどのようにして腐っていったんでしょうね」

「白野のやり方を知りたいということ?」

「そうです。そんなに簡単に武将が腐るものでしょうか」

「腐るわよ。人間の性根なんてものはとても脆《もろ》いの。ましてや十四歳くらいの男なんてとても簡単だわ」

皐月にはその簡単さはわからない。

「今まで国を支えてきた重臣たちは、十四歳の主君を見てどう思うかしら。これがね、父親を殺してその山の頂上に着いたならいいわ。父親が突然死んだから能力は関係なく血筋によって主君になった時が問題なの」

確かに、今まで仕えていたのは父親なのだから、新しい主君は頼りなく思えるに違いない。

「少し頼りないかもしれませんね」

「そうしたら何をするか。教育をしなければならない。教育とは何か。この場合はお説教ね。でもお説教好きな人間はいないの。これは自分のために言ってくれてるんだという気持ちがお説教を受け入れさせているのね」

確かにお説教が好きな人はいないだろう。国のためにやむを得ないと思っているから黙って耐えるというのもわかる。

「そういう時に一番言われたい言葉はね。あなたは父親よりも優れているという言葉なの。この言葉の魔力は相当なものよ。歳《とし》が若いほど抗《あらが》えないわ」

「でも、それは周りの人が諫《いさ》めるでしょう」

「もちろん諫める。それを受け入れられれば名君になるでしょうね。でも数は多くない。それにね、皆に諫められた後、閨《ねや》の中であなたは優れていると言われ続けたらその人はいったいどうなるのかしらね」

帰蝶様がうっとりと言う。

確かにそうだろう。人間は聞きたい言葉を聞きたいのだ。ましてや、肌を合わせている女から言われたなら、信じたくなるだろう。

しかし、重臣よりも女を信じる主君はどうだろう。そのような人に命を預ける気にはならないのではないだろうか。

「白野がやったのは、龍興を褒めて褒めて褒めて、褒め言葉にずぶずぶに漬けることなのよ。それと同時に、重臣たちの言うことをもっともだと言うことね」

「重臣にもですか?」

「そうよ。出会った人を褒めまくる。どんなだめな人でも持ち上げる。そうすれば誰にも咎《とが》められることなく周りを腐らせることができるの」

「白野さんの言葉以外は聞きたくないようにさせるんですね」

「巫女だからね。相手の気持ちを読んで元気にするのは得意だわ」

そうして、面白いでしょう、という顔をする。少し挑戦的で、勝気な表情だ。それにしても、わざわざ白野さんを派遣したのはそういう理由だったのか、と感心する。

「女一人で国が滅ぶんですね」

「そうよ。男の戦い方と違う戦い方があるの。男はね、女がいると戦ってしまうのよ。自分の方が優れていると言いたくなってしまうの」

確かにそれはわかる。男同士で集まると、なんとなく序列が出来て、誰が一番優れているかというのを測るところがある。

そして、男同士ならそれでわかり合ってしまうところを、女が入ると戦ってしまうということなのだろう。

だとすると、周りの人々はともかく、美濃の中心の斎藤龍興の陣営はぼろぼろになっているということだろう。

「白野さんはこれからどうするのですか」

「そろそろ龍興を捨てて帰ってくるわよ。うちの鉄砲隊が待ってるわ」

帰蝶様の態度はあっさりしていた。

「あの」

「なあに」

「白野さんは、龍興様のことをどう感じてるんでしょうか」

「どうだろう。何か思ってるのかしらね」

「え。だって自分のために滅んじゃう人なんですよ。何か考えないんですか」

「皐月は、いままでに食べた猪のことはどう思っているの？」

「どうって。どうも思っていませんけど」

猪のことは猪としか思っていない。だが、情を交した相手は猪とは違う。男性経験のない皐月からすれば、龍興様は思い出に残りそうなことだ。しかし、白野さんには猪なのだろう。

「帰蝶様ならどうなんですか。自分が龍興様を滅ぼしたとしたら」

「聞きたいの？」

帰蝶様がにやりとした。聞いてもいいことはないと一瞬思ったが、一応聞いておこうと考え直す。

「聞きたいです」

「憶《おぼ》えてるわ。自分の成果としてね」

「それは楽しいとか嬉しいってことですよね」

「そうよ」

「わたしのことも捨てますか」

思わず聞いた。皐月は帰蝶様のことが好きなのに、帰蝶様からすると、ただの踏み台なのかもしれない。

「捨てないわ。わたくしの天下には皐月も住んでいるの」

そう言われてなんだか安心する。皐月にとっては世界は帰蝶様だけで終わっているといってもよかった。

だから帰蝶様に捨てられたらただの抜け殻《がら》といってもいい。

北伊勢は、さしたる抵抗もなく信長様に降伏した。


それから半年ほどして、白野さんが戻ってきた。

「久しぶりね。皐月」

「お帰りなさい」

「猪ある？　蝮も。お酒も」

「もちろんありますよ」

用意すると、白野さんはすごく美味しそうに鍋を食べて、お酒を飲んだ。

「これを食べると帰ったって気がするわ」

「白野さん、蝮お好きですよね」

皐月は感心する。猪も蝮も、食べるのに抵抗のある女はこれまでいなかったが、どちらが好きかは分かれる。白野さんは蝮派だった。

皐月は猪派。帰蝶様も猪派だ。巫女たちは蝮派が多い。

そしてねね様とまつ様も蝮だった。

男性はほぼ猪である。蝮を好むのは明智様くらいだった。

「どうだったのですか。美濃は」

「面白かった」

楽しかった、ではなく、面白かった、と白野さんは言った。この違いは大きい。

「龍興様はどのような人だったのですか」

「いい子だったわね。名君の素質はあったかもしれない。もうあと五年父親が生きていたらだいぶ違ったんじゃないかしら」

「戻られたということは、もう戻ってもいいと思ったんですよね」

「そうね。もう立ち直れないでしょう」

白野さんは自信たっぷりに言った。

「何か決定的なことをやったのですか」

「簡単よ。彼の近習《きんじゅ》と寝たの。そして現場を発見させた。取り乱して近習を手討ちにしてたわね」

「白野さんは平気だったのですか」

「無理やりされましたって言って逃げてきたわ。これでだいたい主と家臣の仲はおしまいなんじゃないかと思うわ」

白野さんは笑顔も作らず、普通の顔で鍋を食べた。

そして信長様は、本格的に美濃を攻めたのであった。

美濃三人衆と言われる氏家直元《うじいえなおもと》、稲葉《いなば》一鉄《いってつ》、安藤守就《あんどうもりなり》の三人が、信長様に降伏したいという文書を送ってきた。

そして忠誠の印に人質を送るということだった。

信長様は、了承した。しかし、人質が届く前に軍を起こした。いい機会だと思ったのだろう。あっという間に敵の本拠地である稲葉山城を攻めた。

周りに火をつけて焼け野原にする。

その上で、城の周りに簡単な砦を作って包囲する。相手の補給線を完全に断ってしまういつもの戦術である。

斎藤龍興様は、部下を置いて長良川を下り、逃げてしまった。

主君が逃げたらそれで終わりである。もはや討ち死にする気力もない。信長様と戦うだけの気概は龍興様には残っていなかったのだった。

稲葉山城を手に入れた信長様は城の名前を岐阜《ぎふ》城と改名された。

なんでも太平を願う名前らしい。

「太平を願うっていうことは戦は減るんでしょうか」

皐月が聞くと、帰蝶様はまさか、という顔になった。

「増える」

「ですよね」

それから信長様は、足利義昭様を岐阜に迎えた。京都では、三好や松永といった大名たちが、十四代将軍として足利義栄《よしひで》様を立ててしまった。

「あちらに将軍が立ってしまいました」

皐月が言うと、帰蝶様は鼻で笑った。

「取り除けばいいだけよ」

そして結局、明智光秀様が、足利義昭様の世話係になったのであった。

明智様は帰蝶様のところに挨拶に見えられた。

「ひとつ聞いていいですか。明智様」

「何でしょう」

「明智様は幕府に忠誠を誓うと前におっしゃっていました。そしていま、幕府には十四代将軍がたっています。それなのにここにいるというのはどういうことなのですか。幕府のことはもういいのですか」

　義昭様の方が本物だ、という理屈はない。もしそうであるならば、武力のある信長様の方が上だというだけである。

　忠誠心というのがどちらの方向を向いているのか知りたかった。

　明智様は、答えたくないという顔になった。どうやらしてはいけない質問だったらしい。

「すいません。答えなくていいです」

　思わず言うと、隣で帰蝶様が吹き出した。なんだか急所に入ったらしい。笑いが止まらない帰蝶様を見て、明智様は渋々口を開いた。

「忠誠は信長様に誓っております。なので、信長様が奉じている将軍が本物の将軍だと思っております」

「それなら信長様が将軍になれば早いのではないですか」

　皐月の言葉に、今度は信長様が笑った。

「そういうわけにはいかないのである。きちんとした血筋というものが必要だからな」

「ある日、血筋というものを持ったひとが全滅したらどうなるんですか。全員死んでしまったら」

「不吉なことをおっしゃいますな」

明智様が不愉快そうに言う。

「でも、義輝様は殺されたのでしょう。十四代の方も殺されて、義昭様が亡くなったらどうなのですか。結構簡単に消えてしまうような気がします」

皐月が言うと、信長様が薄く笑った。

「それは面白い考えであるな。一族が全員消えてしまうなどよくあることである」

「お戯《たわむ》れを」

明智様が顔色を変えた。

信長様は、すごく真面目な顔で明智様を見た。

「義昭様をお迎えするのを急いだ方がいい。今は朝倉のところにおられるが、いつ殺されてもおかしくないだろう」

「まさか」

明智様が否定する。

「どうしてありえないと言えるのだ」

「将軍の家系ですよ。自分を頼ってきた将軍を殺すなど逆賊ではありませんか」

「そんなことを考えるのは将軍に思い入れがあるからだ。朝倉は天下などというものに興味を持っておらぬよ。邪魔になれば、殺さぬまでも追放くらいはするだろう」

「たしかにそうです」

明智様もなっとくしたようだった。

信長様は素早く義昭様を岐阜城に迎えた。それから住まいをさだめると、上洛の準備をすることになった。

「いよいよはじまるわね」

帰蝶様はうきうきと準備をしている。

「京都にはまっすぐ行くのですか」

「それは無理よ。ますは浅井《あざい》長政《ながまさ》のところね」

言ってから、帰蝶様は眉をひそめた。

「浅井のところはさっさと通り過ぎたいわね」

「嫌なことでもあるんですか」

「上総介の妹が嫁いでるの」

「ああ。お市《いち》様ですよね。気立てもいいし、何か問題があるんですか」

「去年結婚して、浅井長政とは性格もあったみたいで幸せそうなのね。政略結婚でも幸せになるというやつ」

「帰蝶様と同じではないですか」

「そこはね。でも、市っていうのは、結婚して終了なのよ。そこから先はなにも考えていないの。結婚しました。めでたしめでたしなのよ」

「いいじゃないですか」

「そういう水のような生き方は好きではないの。火がいいのよ。火のような心があるから山を動かすだけの力が出るの」

帰蝶様はお市様になにか不満があるようだった。

「お市様が鉄砲を担いで戦場に出れば満足なんですか」

「そうしたらきっと大好きになるわ。殺し合うかもしれないけど」

帰蝶様はうきうきといった。

「でも、お互い好きだけど陣営が分かれてるから殺し合うって素敵だと思わない?」

「浅井は同盟ですから、殺し合わないでしょう」

「そうね。少し残念だわ」

言ってから、帰蝶様はあらためて笑顔を作った。

「浅井には、女の鉄砲使いがいるらしいわね」

「鉄砲隊ですか？」

「一人だけ。なかなかいい腕らしいわ」

「どこにでもいるものなんですね」

「いまはそういうときだからね。城を作る人足だって女は多いわ」

「あれにもですか」

「たいした違いはないのよ。男は丼飯で女は茶碗《ちゃわん》、というくらいの違い。人殺しなんてもっと違わないわ」

そうは言っても、武将の家の娘だから人が殺せるっていうのは少々乱暴だ。

いずれにしても、浅井長政様の所にお邪魔するのは長くて二日。大した問題は起きないように思われた。

ところが。

思ったよりも長くいることになってしまったのである。

「皐月。なにか作って」

帰蝶様が不機嫌に言った。浅井家に来て七日である。

「いったいどういうわけかしら」

「どうしたものでしょう」

京都に行くためには、どうしても琵琶《びわ》湖のまわりを通過する。そこは六角様の領土なので通過を頼んだのだが、六角様が断ってきた。

そのために足止めを食ったのである。

「こんにちは」

帰蝶様の考えとは関係なく、お市様は帰蝶様が好きなようだった。

「蝮がいい？　猪？」

帰蝶様がいやそうに言った。どうやらいやがらせで追い払うつもりらしい。

「蝮」

お市様が楽しそうに言う。

「その顔で蝮なの」

「いけない？」

帰蝶様がはしたなく舌打ちした。

「蝮だって」

「わかりました」

皐月は用意しておいた蝮を切る。お市様というのはなかなか面白そうだ。こういうときは蝮とはなかなか言わない。

しかも、おそらく帰蝶様に嫌われているのを知っていて押しかけてきたのに違いない。見た目はおっとりしているが、なかなかやる。

最近思うのだが、確かに女は天下を取れない。でも、天下を操ることはできる。家系図には残らなくても案外楽しくやっている気がした。

お市様は、美味しそうに蝮を食べていた。

「美味しいですね。これ」

男のひとと違って全く動じない。さすが女だ、と思う。

「早く上洛したいのだけれど、まだ話はつかないの」

「つきません」

お市様があっさりと言った。

「つかないの？」

帰蝶様が訊く。

「どうして話がつくと思われるのですか？」

お市様がおっとりと言う。

なるほど。いつまで待っても意味がないですよ、と言いに来たらしい。信長様も浅井様も誠意をもって六角様に対応しているけれども、相手には最初から耳を傾ける気がないということだ。

「どうしろと言いたいの」

「お好きなやり方があるでしょう」

にこにことお市様が言った。

「よし、殺しましょう」

お市様が手を叩いた。

「それでよろしいのですよ。自分らしくね」

そう言うと、お市様は笑顔を崩さないまま言った。

「わたくしは、あなたのことが嫌いです。自分だけが何もかもわかっている顔をして。そのくせ甘えるところは兄に甘えて。いいとこどりをして生きていこうという態度がどうにも鼻持ちならないのです。でも今は幸せだから、特別に許してあげますよ」

そう言うと、お市様は去っていった。

「なかなかやりますね」

皐月は感心した。

「少し好きになった」

帰蝶様は言うと、ばん、と床を叩いた。

「とにかく出陣するように言うわ」


そして。


織田軍は、六角様討伐の軍を起こしたのであった。

その数六万。

信長様の軍だけではなく、松平様の軍、浅井様の軍も混ざっている。同盟の力を借りた大軍勢であった。

信長様はこの戦で初めて「天下布武《ふぶ》」という旗を掲げた。天下取りという野望がやっと現実になってきたのである。

子供の頃はただのうつけと言われていたのが、ここに来て天才という言葉に変わる。

すごいことだと思うが、そういう意味では帰蝶様は最初から天才だったのだと思う。

皐月は六万の軍を見てなんとなくお祭り気分になったが、帰蝶様の顔色はあまり嬉しそうなものではなかった。

「何か気になることがあるのですか」

「地形が気に入らない。これでは大軍も身動き取れなくて力を発揮できない」

信長様の出発した佐和山《さわやま》城から敵の本拠地の観音寺《かんのんじ》城までは、とにかく山道である。おまけにその間に十八もの城があった。

攻めにくいことこの上ない。一つ一つやっていったら一年ぐらいかかりそうだった。信長様は箕作《みつくり》城という城に狙いを定めた。観音寺城以外では一番戦闘力があるのが箕作城だということだ。

他の城は全部無視して、そこに進軍する。

そして攻め始めた。

山にある城は堅い。六万もいると言っても、同時に攻撃できる数はたかがしれている。無駄に犠牲が出るだけでなかなか落ちなかった。

鉄砲隊もこの状態では役に立たない。

味方の犠牲が多いので、信長様は一旦軍を下げて様子を見ることにした。

夜になって、信長様のところに一人の男が訪ねてきた。顔中傷だらけで、いい言い方をすれば野性味の溢《あふ》れる顔立ちである。でも一言で言うなら怖い顔の人だった。

「小六《ころく》か。どうした」

「このままではあの城を落とすのに時間がかかってしまいます」

「お前が落とすということだな」

「落とすのは藤吉郎や丹羽殿ですよ」

小六と言われて、誰なのかわかった。蜂須賀《はちすか》小六という人だ。織田家に長く仕えている国衆のひとりだ。

戦もうまいが、逃げるのもうまい。物言いも真っ直ぐで、陰謀というようなものからは遠い人らしい。

できることはできる。できないことはできない、とはっきり言う。

そういう人が進言に来たのだから、城を落とす算段があるのだろう。

「あの城は火で攻めるのが良いかと思います。なんといっても逃げ場がありませんからな。幸い、大きな松明が山盛りにできるほどあります。それを使いましょう」

「そんなものがあったのか」

「たまたま余ってるんですよ」

「であるか」

信長様は嬉しそうに笑った。もちろん、軍事物資がたまたま余ることはない。こうなることを予想して持ってきていたに違いなかった。

顔は怖いが、冷静で知略的な人なのかもしれない。

夜中に、山の中腹に松明を積み上げて、城の周りも囲んで、火をつける。木下様と丹羽様の軍が、松明を手に持って城の入り口に殺到した。

火の力も借りて門を破る。城は門の中に入られてしまったら大体負けである。朝をまたずして箕作城は陥落した。

しかし、信長様も千五百以上の犠牲を出した。普段そもそも大軍を出さない信長様だけにこんなに大量の犠牲を出したのは初めてだった。

表情には出さないが衝撃を受けているような様子である。

そのまま城で夜を明かした信長軍は、翌日の朝から進軍を開始する。

ところがである。

「殿、六角義賢《よしかた》が逃げましてございます」

木下様が、気落ちしたような顔でやってきた。

「逃げたとは何だ」

「文字通り逃げたのです。家臣を全部捨てて息子と二人で逃げてしまいました」

「本当なのか。そう言っておいてこちらをおびき寄せる罠《わな》ではないのか」

「罠ならいいのですが。あれでは兵たちがかわいそうです」

木下様は敵に同情しているようだった。確かにそうだろう、ここで命が終わってしまうかもしれないと思いながら集まったのだ。それなのに危ないと思うや大将だけが部下を捨ててさっさと逃げてしまったのである。

こういう状態で戦って死んでしまったらまさに無駄としか言いようがない。

「それはかわいそうであるな。城のものは抵抗するのか」

「全員降伏です。どうされますか」

信長様はあっさり答えた。

「全員許す」

「処罰しても仕方がないし、これ以上の犠牲が出ないのであればそれに越したことはないからな」

信長様は、すぐに岐阜に使いを出して義昭様を迎えた。

琵琶湖の近くの桑実寺《くわのみでら》というところで義昭様を迎える。義昭様は喜んで信長様のところにやってきた。

食事をするところへ、義昭様も来ることになった。正直皐月は義昭様はあまり好きではない。性格がどうと言う気はない。食事の好みが決定的に合わないのである。信長様は武将だから味の濃いものが好きである。猪も好きだ。それに比べると義昭様は味の薄いものが好きだ。皐月からすると本当に味をつけているのか、食材を切って水で煮ただけではないのか、というようなものを好んで食べる。

どう作っていいのかわからないから、義昭様の料理は他の人に任せていた。明智様のところにいる料理人がやってくる。義昭様上洛ということに関しては明智様が一番元気に働いていた。

小菊《こぎく》という女中がやってきて料理を作る。

茄子と大根ときのこを水で煮て、しばらくして塩を入れる。もちろんどんな料理もそんなものなのだが、あんなに少ししか塩を入れなくて味がするのかと思う。

皐月の方は猪を煮て、きのこや大根を入れて味噌で味をつけた。似たようなものだが全く違う性質の料理である。

義昭様は、皐月のほうを一瞥《いちべつ》もしなかった。というよりも視界に入れないようにしていたと言ったほうがいい。

それ以外は和やかに食事は終わり、義昭様は明智様とともに自分の寝る場所へと帰って行った。

「相変わらず味のしなそうなものが好きであるな」

信長様が呆れたように言った。

「そういう方々ですから」

帰蝶様が普通の顔でいう。

「陽《ひ》の光を浴びないで暮らしていると、薄味になるらしいですよ」

「であるか」

信長様はそう言うと、鍋の中の汁を全部さらった。

「味噌の方がうまい」

こうして、思ったよりもずっと手間がかからず、京都に着くことができたのであった。

京都までの道のりは、手紙のやり取りとしか言いようがなかった。京都の情勢を知らせる手紙が帰蝶様のところにひっきりなしに届く。

信長様によって、京都が火の海になるのではないか、というのが一番の心配のようである。

それから乱暴狼藉《ろうぜき》、略奪。そういったものを心配して京都の人たちは右往左往している。かといって京都から逃げるわけでもないので、どういう心配をしているのか皐月にはよくわからない。

帰蝶様は、上洛なのだから乱暴も狼藉も略奪も何もない、と返す。

九月二十六日に京都に着いたときは、鬼でも見るかのような視線の中を歩くことになったのだった。

信長様は正親町《おおぎまち》天皇から、荒れはてた京都の町の回復を依頼された。東寺《とうじ》に布陣し軍を整える。義昭様も清水寺《きよみずでら》に陣を張った。

京都の人たちは、信長様の動向を窺っていたが、乱暴狼藉はなさそうだと踏んで安心したようだった。

そして、今まで京都の街を守護していたらしい三好三人衆はあっという間に逆賊という名前にすり替わる。

信長様はまずは三好三人衆を討伐することにした。

「昨日までは守護者でも、今日からは逆賊ってなんか酷《ひど》いですね」

皐月は正直なところを帰蝶様に言った。

「京都はそういうところだから。わたくしたちも力がなくなればすぐに逆賊になってしまうわよ」

「それって守る意味あるんですかね」

皐月が言うと、帰蝶様が楽しそうに笑った。

「京都を守ってるというのが力の象徴だから、あると言えばあるわ。他の人たちに睨《にら》みを利かせるという意味がね」

「田舎《いなか》で普通に暮らしてるほうが幸せな気がしますよ」

「普通の人はそうよ。天下を狙うなんて、少し心が病んでるのよ」

「帰蝶様も病んでるんですか」

「わたくしはむしろ、病が人の形をしているのではないかしらね」

「じゃあわたしも病むことにします」

「どうして」

「帰蝶様が病そのものなら、病むしかないじゃありませんか」

そう言うと、帰蝶様が吹き出した。

「相変わらずお前は変だね」

「帰蝶様に言われたくはないです」

そして信長様は、三好三人衆を討伐する為に、柴田権六勝家様、蜂屋頼隆《はちやよりたか》様、森可成様、坂井《さかい》政尚《まさひさ》様の四人を先鋒《せんぽう》に据えた。

自分の軍も合わせて総勢五万である。

勝竜寺《しょうりゅうじ》城にこもった敵を、柴田勝家様が攻撃した。とにかく味方の数が圧倒的に多い。相手としては絶望感のある戦いだったろう。

あっという間に数の力で落としてしまった。

信長様の軍も、芥川《あくたがわ》城を一日で落とす。

伊丹《いたみ》城は戦わず降伏。池田《いけだ》城も一日で落ちた。

こうして、信長様は短期間で京都を掌握したのだった。

三章

「今日は蝮。蛙《かえる》でもいいわ。とにかく毒々しいものを何でも鍋の中に突っ込んで煮てちょうだい」

帰蝶様が上機嫌に言った。

「機嫌良さそうなんですけど、料理はそれなんですか」

「そうよ。味噌もうんと濃くしてね」

どうやら、ものすごく癖のある人がやってくるようだ。機嫌がいいということは決して嫌いではないということだ。とはいっても、少し嫌がらせをしようというぐらいには思うところがあるに違いない。

その晩の客は、松永久秀という人だった。前の将軍足利義輝様を殺した人である。信長様から言うとかなり敵という立場の人である。

普通の顔で挨拶に来たが、本来ならこの場で殺されてしまうような立場だ。しかし顔を見るだに全く警戒してもなく、楽しくお酒を飲みに来ましたという感じだ。

信長様の方も、友達がやってきたような顔をしている。

「これはこれはごちそうですな」

松永様が嬉しそうに鍋を見る。

鍋の中には、鹿と猪、蝮と蛙が煮えていた。それにそこら辺の山菜を入れてある。美味しいし精力はつくだろうが、公家《くげ》なら気絶しそうなしろものだ。

「京都を手に入れたお祝いに参りました」

松永様は、笑顔で挨拶をする。

「おかげさまで」

帰蝶様が言う。

「少しはお役に立てましたか」

「もちろん立ったのである。しかし、この信長が手のひらを返すとは思わなかったのか。そうなれば足利義輝殿を殺したお主は逆賊ということになるだろう」

信長様に言われて、松永様は声を上げて笑った。

「逆賊とは面白い。こちらとしてはそれで一向に構いませんよ。そもそも裏切られる方が悪いのです。こちらが裏切りたくないほど力を持っていれば生きてる限り忠誠を尽くしますよ。力がないから裏切られるのです」

松永様は、三好長慶様と一緒になって、足利義輝様を殺した。その後今度は三好長慶様も裏切って、自分が覇権を握ろうとした。

その結果、十四代将軍義栄様から討伐されることになってしまった。と言っても弱いわけではないので、のらくらと三好三人衆と戦っていた。

信長様の上洛に合わせて様々な協力をしていたらしい。

「それは足利義輝側の落ち度であるか」

「もちろんですよ。わかってるでしょう。将軍などと言いながら、自分の軍を持っているわけでもない。しかも、守られているならおとなしくしていればいいものを、檄《げき》文《ぶん》を書いて自分を守っている相手を殺せと全国の大名にお触れを出すんですよ。殺されたからって自業自得でしょう」

確かにそれはそうである。便宜を図ってもらう相手を当たり前のように殺そうとするのだからやられても仕方がない。

「では、お主から見て、わしはどうだ。同盟にたる相手か」

「裏切りがいがありそうですな」

松永様が薄く笑った。

「裏切りがいがあるとはどういうことであるか」

「信長様は決断力があり、集中力があり、そして不条理さがありません。こういう人間は一度信じた人間をなかなか疑いませんよ。だから人生の大切なところで裏切らないと思った相手に裏切られるでしょう。だからたまに裏切ってあげるのが信長様のためではないかと思いますね」

一体どういう理屈なのだろう。たまに裏切るのが信長様のためと言いながら、自分の都合で態度を変えるということだろう。

この場で斬ってしまった方がいいような気がする。

信長様も帰蝶様も松永様の言葉は全く気に障らないようだった。むしろ楽しげに京都の様子を尋ねている。

話を聞いていると松永様は天下を取るというような気持ちは全く持ち合わせていないようだった。

むしろ天下という舞台の上の端っこで踊って遊んでいるというような気持ちを持っているように見えた。

松永様が帰った後で、皐月は思わず帰蝶様に文句を言った。

「あの人は何なんでしょうね。自分は裏切りますと宣言しながら挨拶に来るって一体どういう心なんでしょう」

「ある意味誠実だということだからいいのではないかしら」

「裏切るって誠実ですか」

「裏切りませんと言って裏切るならひどい人だけど、隙があったら裏切りますよ、ならば誠実ではないかしらね」

「裏切られる方が悪いってさっき言ってましたよね。裏切る側が悪いのではないでしょうかね」

皐月としては収まらない。

「そうかしら。本当にそうなの。裏切られる側に問題はないの？　女に狂って裏切られた斎藤龍興は？」

そう言われて、皐月は少し落ち着いた。

よく考えれば、確かに裏切られる理由というものがあることもある。むしろその方が多いかもしれない。

主君が主君としてきちんとしていればそう簡単には裏切らない。自分の方がマシだと思うから裏切るということもあるだろう。

隙を見せなければ裏切らないというのだから、誠実といえば誠実なのかもしれない。

「これはわたしの考えが浅いのでしょうか」

「まっとうなのよ」

そう言って帰蝶様が笑う。

まっとうとは。

皐月は考え込んでしまう。まっとうというのは決していいことではないと感じてしまう。

三好三人衆が京都から追い払われてしばらくして、十四代将軍義栄様が亡くなった。どうやら病死らしい。

「殺していないですよね」

皐月は一応帰蝶様に念を押した。

「そんなつまらないことはしないわ。気落ちが激しかったのね」

人間は気持ちで簡単に死んでしまう。それは皐月もよくわかる。

本来将軍になれない立場だったのに、たまたま担がれて、将軍だとおだてられて、今度は気のせいですと言われたようなものだ。

自分の人生は何だったんだろうと思うことは間違いない。いっそ毒でも盛られた方が幸せに死んだのではないだろうか。

「いずれにしても、勝手に死んでくれたのは助かるわね」

「本当に殺してませんよね」

「人のことを、暗殺や謀略が大好きな女のように思わないで。もちろん大好きだけど」

帰蝶様はころころと笑う。

そして皐月は、そんな帰蝶様が大好きだった。

信長様は、無事に足利義昭様を将軍にすることに成功した。義昭様は信長様に副将軍になることをしきりに勧めてきた。

しかし信長様は全く興味がないらしく、完全にはねつけた。

そして京都がおさまると、さっさと岐阜に戻ることにしたのである。

「副将軍ってなんだかかっこよくないですか」

皐月が言う。

「くだらない」

帰蝶様が一蹴《いっしゅう》した。

「あれって、なんだか権威があるんじゃないですかね」

「ないでしょ。あったとしても、そんなもののために幕府の犬になる気はないわ。上総介の上に立つのは上総介だけよ」

世俗の名誉のようなものにはまるで興味がないらしい。

「そんなことより北畠《きたばたけ》」

岐阜の周りをだいたい制圧した信長様だが、伊勢の北畠具教《とものり》は全く信長様に従うつもりはないらしい。

なんとか説得しようとしたものの、話にならなかった。

「これぱっかりは戦うしかないから、早く岐阜に戻りたいの」

「もう将軍の近辺は平気でしょうか」

「多分大丈夫。とはいっても万が一があるから光秀を置いていくわ」

「北畠攻略には明智様は用いないのですね」

「そうね。藤吉郎もいるし、権六もいるし大丈夫でしょう」

織田家にとっては北畠攻略が最優先と言えた。

そして岐阜に戻って準備を整えたのである。

年が明けた一月。信長様のところに急使が来た。足利義昭様が、三好三人衆の急襲を受けたのである。

「殺されたのであるか」

「持ちこたえています」

「光秀か」

「はい。明智光秀様の知略凄《すさ》まじく、二千の兵で猛攻をしのぎ、援軍が来るまで持ちこたえてございます」

「それはなかなか、あっぱれであるな。光秀から手紙はないのか」

「こちらに」

使者が紙を渡す。一目見るなり、信長様は顔をしかめた。

「あいつは字が下手《へた》であるな」

そう言って手紙を床に放り出す。確かに光秀様の字は汚い。何と言うかガチガチとしていて読みにくい。

その上に、心配ご無用、負けるような光秀ではござらぬ、と書いてある。

「相変わらず自信過剰であるな」

信長様は苦笑すると、使者に言った。

「心配などせぬ。守れると思ってるから配したのだ。日常のよしなし事は手紙にするにはおよばぬと伝えよ」

「はっ」

「三好三人衆だけか」

「斎藤龍興殿が加担しているようでございます」

使者を帰すと、信長様は軽く舌打ちをした。

「生かしておくとろくなことがない」

それから素早く立ち上がる。

「援軍にまいる」

「心配ご無用と書いてありますよ」

帰蝶様が言う。

「光秀の心配などせぬ。義昭殿が信長の顔を見ないと不安に思うかもしれぬからな。顔を見せに行くだけよ」

それから信長様は、にやりと笑った。

「白野はし損じたのかな」

「死体が動いてるだけでしょう。本物の死体がよければ白野に頭を撃ち抜くように言っておきますよ」

「適当に動いてくれる方がありがたいかもしれぬな」

それから信長様は急いで準備をした。

岐阜から京都までは急いで三日というところである。しかし信長様はそれを二日に縮めて強引に京都に向かった。

援軍をよこすな、というような手紙を書いた割に、明智様は信長様の軍を迎える準備を怠らなかった。京都までの道のあちこちでお湯を沸かしてあって、走ってきた兵士たちがいつでも飲めるようにしてある。それもぬるま湯で、火傷《やけど》することもない。寒い時だから、道々にお湯が準備してあるのは助かる。

「光秀もなかなか気が利く」

信長様が感心する。

「頭のいい人ですからね」

帰蝶様が相槌《あいづち》を打った。

「お前は光秀がお気に入りだからな」

「そういうわけではありません。戦の前につまらないことを言うのは良くないですよ」

たしなめながらも、機嫌の悪い顔にはならない。嫉妬されるのもいやではないというところだろう。

信長様が京都に着いた時には、大体の趨勢《すうせい》は決まっていた。京都にいる信長様の援軍も駆けつけていて、相手を押し返していた。

信長様は、明智様の所に行くと残念そうな顔をした。

「苦しんでいる光秀が見たかったのだが、もう通り過ぎてしまったようだな」

「一度も苦しんでおりませんから、いつ来られても同じです」

明智様はさわやかな笑顔を信長様に向けた。たとえどんなに苦しかったとしても同じことを言うに違いない。

木下様なら、今からでも苦しそうな顔をするだろう。

信長様は上機嫌で、明智様の軍に加わった。

「休んでいていいですよ」

明智様が言ったが、信長様は首を横に振った。

「せっかくここまでやってきて、戦わずに帰るというのはみんなつまらないだろう。少しやらせてやるよ」

そうして信長様は、一休みしたあと、三好三人衆の軍勢に突っ込んだ。ろくに休憩も取らずに戦っている相手は、元気な新手には対応しようがない。

あっという間に蹴散らされていく。

「つまらないな」

信長様がため息をつく。

「龍興様がいませんね」

いつのまにか帰蝶様の隣に白野さんがいた。

「後ろの方にひっ込んでるんでしょう。前線で戦ってるとは思えない」

「あっちに紛《まぎ》れ込んで殺しますか」

白野さんが淡々と言う。

「間違って死んだらつまらないからやめましょう。そこらの足軽に殺させればすむことだからね」

一応かつては美濃の主君だったのに酷い言われようである。

天下取りというのはそういうものなのだとわかっていても、なかなかついていくことができなかった。

戦が終わって、信長様が陣を敷いた清水寺に引き上げる。そこに義昭様が迎えに来た。表情を見るからに感激しているようだ。

「ありがとうございます。御父君」

馬から降りた信長様を迎えると、そう言って信長様を抱きしめた。

御父君とはまた強烈な言い方である。帰蝶様の方を見ると、やや不機嫌な表情になっている。嫉妬するとは思えないから、何か全然別のことを考えているのだろう。

信長様は、義昭様に帰ってもらうと、早速明智様を呼び寄せた。

明智様がやってくると、すぐに口を開く。

「わしの油断であるか」

「油断ではないでしょう。まさかこのような暴挙に出るとは誰も思いません。そして油断とは別に大きな問題がございます」

「どのような問題であるか」

「足利義輝様が殺されたことによって、足利将軍家が侮《あなど》られているということです。実際には、将軍家は畿内には大きな権限を持っております。侮られるような存在では決してございません」

「そうだな。大きな権限を持っているな」

「ですからもっと尊敬されてしかるべきです」

その言葉をどう思ったのか、信長様は一瞬黙った。しかしその後、何事もなかったような顔で頷いた。

「であるな」

信長様も帰蝶様も、その後は特に将軍に関しては話題にしなかった。信長様が出陣してきたのは全く別の理由だったのである。

「今回はすごく儲かったわ」

帰蝶様がホクホクした顔で猪をつついた。

「であるな」

信長様も嬉しそうだ。

「そちらが本当の目的だったんですね」

皐月はややあきれた気持ちで突っ込んだ。

「当たり前じゃない。なんだと思ったの」

「どう見ても将軍の救出のために来たと思いました」

「光秀が平気だって言ってるんだから平気でしょ。全然心配なんかしてないわよ」

信長様は、堺《さかい》の商人たちからお金を巻き上げるために京都に来たのだった。三好三人衆に協力して将軍を殺そうとしたのはけしからんというわけである。

武装した集団が街のすぐそばにいるのだ。協力しませんというわけにはいかないだろう。もちろんそんなことは承知の上の言いがかりだ。

「いくらもぎ取るんですか」

「二万貫ね」

これはものすごい金額である。皐月なら、一生どころか五百生は生きていける。

「そんなにもぎ取って恨まれないんですか」

「仲良くなるわね」

帰蝶様が言う。

「そんなに取られて仲良くなれるんでしょうか」

「取られるからこそ仲良くなれるのよ」

「意味がわかりません」

「商人というのは儲けるために生きてるわけ。だから単純にお金をもぎ取られましたでは耐えられないの。何とかして儲けないといけない。今回の損は、上総介に力があるから起こった損失なわけよ。だとしたら上総介と仲良くなって取り返さないとやっていられない」

確かに取り返そうと思うなら仲良くなるしかない。槍ではなくてお金で戦をするわけだからそれは当然だ。

信長様としてはお金はもっと欲しい。相手は取り返したい。ということは何らかの利益を生む取引をすることになる。

堺の商人たちから何かを買うということかもしれない。

「天下を取る上で、彼らの存在は必要不可欠である」

そう言って信長様は大きく笑ったのだった。


信長様は明智様にいろいろなことを指示すると岐阜に戻った。

いよいよ北畠を討伐するからである。

幸い、北畠具教の異母弟である木造具政《こづくりともまさ》様が、信長様の方に味方するという連絡をしてきていた。

これが成功すれば、大きな前進である。

しかし、あっという間にばれた。怒った北畠具教はすぐに軍を起こし、木造様の居城の木造城を囲んでしまった。

信長様はすぐに滝川一益様に命じて木造具政様を救出するよう指示を出した。

同時に木下様を呼び寄せる。

「阿坂《あざか》城を攻め落とせ」

簡単に命じた。

「かしこまりました」

木下様は頭を下げる。

「藤吉郎、聞くがよい。お前は様々な戦で大変な軍功がある。しかしそれは誰もが知る軍功ではなく、少数の者が知るのみだ。ここはひとつ、大将として城を落とし、ねねに大きな顔をしてみせよ」

「ありがたき幸せでございます」

木下様は地面にひれ伏して喜んだ。ここが木下様のうまいところだろう。明智様であるなら淡々と、手柄には興味ありませんと言いそうだ。

木下様は喜び勇んで城を落としに行き、怪我をした。

脇腹を矢がかすっただけらしい。それなのに木下様は腕にも脚にも頭にも布を巻いて信長様のところに帰ってきたのであった。

「この藤吉郎、不覚を取りました。しかし城は落としました」

「怪我をしたのは脇腹と聞いているが、その他はなんだ。ねねに引っかかれでもしたのか」

「実はそうでございます。最近ねねがとみに凶暴でございまして」

木下様が切り返す。この辺りの機転の良さはばつぐんだ。

しかし、少し場所が悪かったようだ。

「ねねに引っかかれたのですね。可哀想《かわいそう》に」

帰蝶様が笑いながら言った。

「全く可哀想でございます」

木下様が言う。

「少し反省した方がいいらしいわよ、ねね」

帰蝶様が奥に声をかけると、ねね様がくすくすと笑いながら出てきた。

「随分な怪我をさせて申し訳ありません」

ねね様の顔を見た瞬間、木下様が床にひれ伏した。

「すまない。冗談だ、ねね」

木下様の言葉に、ねね様が大きく口を開けて笑い出した。

「言い訳しないのね」

「そんなものはない。すまない」

木下様が床に頭をこすり付ける。潔いと言うか何と言うか、あっぱれとしか言いようがなかった。

「それにしても、どうしてねねがここにいるのですか」

「城を落としたお祝いをしようと思って呼んだのよ。自分の名前で城を落としたのは初めてでしょう」

まさか怪我をしたふりをしてやってくるとは思いもしなかった。もちろん冗談だっていうことはわかっているから本気で怒ることはない。

「家に帰ったらたっぷりと引っかいてあげます」

ねね様に言われて、木下様はがっくりとうなだれた。

「いいから祝おうではないか」

今日は木下様が相手なので、茄子と魚を味噌で煮込んだ鍋である。木下様は肉を食べる方ではないからだ。

「大河内《おおこうち》城攻めをどう思う」

信長様が切り出した。攻め手とは関係のない武将に意見を聞くのが信長様は好きだ。当事者だと、帰って見落とすことがあるからだ。

いい意見なら参考にする。

「力攻めはやめたほうがいいと思います。兵糧攻めが一番でしょう」

「しかしそれだと長期戦は避けられないな」

信長様は少し嫌な顔をした。兵糧攻めは確かに犠牲が少ない。しかし、味方の兵站《へいたん》には大変負担がかかる。言ってしまえば、物資を大量に消費することで犠牲を少なくするやり方だからだ。

力攻めは犠牲は出るが消費は少ない。

「力で押しても落とせそうだがな」

「信長様が直接出て行けばそうかもしれません。ですが実際に攻めるのは信長様ではございません」

うまい言い方をする。皐月は感心した。もし失敗した時は、信長様の責任ではなくて、現場を受け持った武将が不甲斐《ふがい》ないという形だ。

もちろん信長様本人は自分の采配の失敗だと思うだろうが、心をごまかす役には立つに違いなかった。

「覚えておこう」

信長様はそう言うと、木下様とねね様を労《ねぎら》って帰したのだった。

その晩。般若介がひさしぶりにやってきた。

やってくるなり、土下座をした。

「頼む。俺と寝てくれ」

「なんで？」

「今度の戦で死ぬかもしれない」

「また？」

般若介は、大きな戦のたびにやってくる。そして同じことを言う。

その上、一度も死んだことはない。

「またいつものやつなの」

「そうだけど今度は本当かもしれない」

そういえば信長様は力攻めをすると言っていた。だとすると本当に死んでしまうということはあるかもしれない。

般若介の言葉を無視して、もし般若介が死んだら後悔するのだろうか。

なんとなく般若介の顔を見る。

「この通りです」

般若介が頭をさげる姿を見て、なんとなく木下様を思い出した。ねね様のようにはなれないだろうが、一度ぐらい頼みを聞いてもいい気がした。

「それならいいわよ」

「本当か？」

「ただし、生きて帰ってくるって約束してね」

「帰ってきたらもう一回寝てくれるか？」

「いいわよ」

なんとなく答えて、般若介の誘いに乗ることにした。

それに夫を持っている人たちはなんだか幸せそうだ。そういう普通の幸せを求めてもかまわないような気がした。

そして翌日。

「今日は大根がないのね。珍しい。皐月は大根好きなのに」

「今日は嫌いです」

答えると、帰蝶様がお腹を抱えて笑い出した。

「どうだった？」

「なんであんなものがいいのか全くわかりませんね」

「そのうち慣れるでしょう」

本当にそんなことがあるのだろうか、とぼんやり考える。一応、そんなに嫌でもなかったからだ。

今回は信長様も帰蝶様も出陣するわけではないので、皐月もゆったり過ごしていた。

戦は結局信長様が勝った。といっても、力押しでは結局勝てなくて、兵糧攻めでなんとか勝ったらしい。

味方の損害も激しかったようだ。

そしてしばらくして、皐月のもとに般若介の遺品が届いた。鎧の一部である。般若介の鎧で、見覚えもあった。

本当に死んだんだ。

なんだか実感がなくて、悲しみもない。こんなことならもう少し前から応じてあげれば良かったとも思うし、どうせ死ぬなら断れば良かったとも思う。

その晩は少し早く休みをもらって寝ることにした。

感情が全然動かない。

「こんなことならもう少し優しくしてあげればよかった」

なんとなく呟《つぶや》いたとき、

「本当か?」

般若介の声がした。

慌てて起き上がる。目の前に、血まみれの般若介がいた。

「死んだんじゃなかったの？」

「死ぬかと思った」

般若介が言う。

「遺品が届いた」

「色々はぎ取られたんだよ。ほとんど裸同然で、死んだやつから服をもぎ取って帰ってきたからな。俺の持ち物は誰かが持って行った上で死んだんだろうよ。とにかくひどい戦いだったからな」

「そうなの？」

「川が血で真っ赤に染まるぐらいにはひどかった。死んでないのに死んだことになってるやつや、生きてることになってるけど死んだやつも多いだろうよ」

確かに乱戦なら、誰が生きてるんだか死んでいるんだか本当のところはわからない。

「とりあえず生きて帰ってきたんだから抱かせてくれ」

「そんな血まみれでわたしを抱く気なの」

「我慢できないんだ」

「している最中に死なないわよね」

「もう傷はふさがってるから大丈夫だ」

戦女《いくさめ》が戦場で男に抱かれるのはこういう気持ちなのだろうか。死にかけていたのに
わたしを抱きたいという般若介がなんとなく可愛い。

そして皐月は、血の臭いがする般若介に抱かれたのだった。

翌朝。


「成長が早すぎるわね。皐月」

帰蝶様が、咳《せ》き込むほど笑う。

「死んだと思った相手が帰ってきたんですから仕方がないでしょう」

「それで般若介は？」

「滝川様に挨拶に行きました」

「生きて帰ってきたのは立派ね。かなり死んだからね」

「そんなに凄かったんですか」

「思ったよりずっと敵が強かった。それに地形のことをよく知っていたから。こちら

はうかうかと罠《わな》に飛び込んだようなものね。でもこれでなんとか伊勢を制圧できたから。順当に行けば天下は近いわ」

「順当に行ってほしいですね」

皐月が言うと、帰蝶様はふふっ、と笑った。

「そんなに簡単に行くほど、世の中は優しくないのよ」

帰蝶様の言った通り、世の中はそんなに優しくなかった。信長様を父と言っていた足利義昭様と信長様の仲が険悪になったのである。

帰蝶様は予測していたらしく、特に驚きもしなかった。明智様が何とかしようと走り回っているのが大変そうというぐらいだ。

そんな中で朝倉義景様が敵対しているような行動を取り始めた。露骨ではない。しかし信長様にとっては十分に刺激的であった。

元々足利義昭様は朝倉様を頼っていた。だから信長様から朝倉様に乗り換えるというのは充分にあり得ることだ。

「これってどうなるんですかね」

ある日、皐月は思いきって訊いてみた。

「戦になるんじゃないかしら」

「やはりそうですよね」

「ここは戦になってくれた方が助かるわね」

「そうなんですか」

「一気にけりがつくから。朝倉をやってしまえば上総介に文句を言う人は一気に減るんじゃないかしら」

「たしかにそうですね」

それから帰蝶様は、しばらく何か考えていた。

翌日になって。帰蝶様が不意に言った。

「お市のところにお使いに言ってほしいの」

「何をするんですか」

「たけのこを届けて」

「伝言はないんですか」

「ないわ。般若介を護衛につけるから」

たけのこに何か意味があるのだろうか。皐月にはわからない。帰蝶様にはなにか考えがあるのだろうし、話さないことにも意味はあるのだろう。

というわけで、朝倉に攻め入る準備で忙しい中、皐月は浅井家に旅立ったのであった。

　皐月を見た瞬間、浅井長政様の顔がひきつった。お市様は普段通りである。

「たけのこを届けろと言われました」

「それだけ？」

「それだけです」

「そう。二、三日ゆっくりしていくといいわ」

　お市様は、そう言うと皐月を自分の部屋に泊めてくれた。般若介はもちろん別室である。

　浅井長政様は、皐月には近寄ろうともしなかった。信長様のところであった人とは別人のようである。

　三日が過ぎた。が、相変わらず浅井様は近寄ってもこない。

「何か怒らせるようなことをしましたか？」

　お市様に訊くと、お市様が困ったような顔をした。

「たけのこが嫌いなのかもしれないわね」

「いくら何でもそれはないでしょう」

「そこは突っ込まなくていいのよ。もっともそこが好きだから帰蝶様はあなたを側《そば》に置いているのでしょうね」

それからお市様はため息をついた。

「わたしあの人が大嫌い。今までも嫌いだったけど、今回もっと嫌いになったわ。多分このまま一生嫌いだと思う」

「なぜですか」

「たけのこなんか持ってくるからよ」

「これにどんな意味があるんですか」

「何の意味もないところが最悪なのよ」

お市様が舌打ちした。

「意味があればいいんですか」

「ええ。全くね。いくらなんでも、たけのこを届けるためだけにここまでやってくるなんてことがあるはずないでしょう。たけのこなんてどこにでも生えてるんだから。つまり何か重要な伝言を持ってやってきた、と誰もが思うでしょう。でも実際にはないから答えようがない。このたけのこひとつで、わたしは織田の間者《かんじゃ》に早がわりよ」

「でも、織田と浅井は同盟中ですよね」

「昨日まではね」

やれやれ、という態度でお市様は額をぐりぐりと指で押した。

「わたしがここに嫁ぐ時に、織田は朝倉を攻めないという条件があったのです。ところが今は完全に約束が破られている」

「そうは言っても長政様は信長様に味方してくれるのではないのですか」

「夫だけならそうするでしょう。でも浅井と朝倉の関係は深い。織田の味方をするということはまずありえないのです」

「では同盟を裏切るということですか」

「本当に朝倉を攻めるなら裏切るでしょう。わたしも斬られるかもしれません」

「それなら一緒に逃げましょう」

「それは無理。逃げ切れるはずがありません。とにかく、あなただけさっさと逃げて兄のところに帰りなさい」

「そうするとどうなるのですか」

「あなたの口から聞けば浅井の裏切りを信じるでしょう。そうしなければ前後挟まれて兄は死ぬことになります」

「信長様が逃げのびたらどうなるんでしょうね」

どちらを選んでもいいことが全くなさそうだ。

「ここでわたしを斬って信長様を殺すということもできるのではないですか」

「それはあまりいい方法ではないのよ。残念ながら。転んでしまった裏切り者のところから嫁いできた女となると、この先の人生はあまり幸せではないわ。わたし一人ならそれでもいいけれど、娘たちに幸せがこない」

「三人いらっしゃるんですよね」

「そうよ。今回はあなたに会わせる気はないけど」

お市様としては、夫を捨てて、娘たちのために兄を取るということになる。

「夫のことを愛していたんだけどね」

「もう諦めたんですか」

「ええ。考えても仕方ないもの。夫が死ぬまでは頑張って尽くすけれども、死んでしまった後は仕方ないわね」

全く迷うことなく気持ちを切り替えて行くらしい。さすが信長様の妹だ。

いずれにしても長くここに止まれば死ぬらしい。

「夜のうちに出かけた方がいいですか」

「そうね。多分その方がいい。時間は稼いであげるから、なるべくさっさと逃げなさい」

「わかりました」

皐月は別室にいた般若介に事情を話すと、すぐに出発した。

「岐阜に戻ればいいのかしら」

「信長様はもう戦の準備を始めてるだろう。朝倉がいる越前に行った方がいい。俺が聞いたところによると、金ケ崎《かなさき》の城辺りを攻めているのじゃないかな」

「夜の戦場をつっきって平気なのかしら」

「だめなら死ぬだけだな」

「死にたくないんだけど」

「殺させないから安心しろ。でも俺は死ぬときにお前のそばってそんなに嫌じゃないな」

「何それ。口説いてるの」

皐月が言うと、般若介は驚いた顔になった。

「まだ俺に口説かれていなかったのか？」

「そう言われればそうね」

馬の背の上で、皐月は笑った。

信長様の所に着いたのは昼頃だった。城はもう落ちていて、信長様は休んでいるところだった。

帰蝶様がすぐに気がついて迎えに来てくれる。

「どう?」

この「どう?」は浅井の動向である。

「帰蝶様の読み通りです。浅井は裏切ります」

「なんだと。本当か」

信長様が目を剝いた。

「あの長政が裏切るとはとても信じられない」

「長政様は裏切りたいと思っているわけではありません。しかし浅井家としては朝倉との関係を重視するということです」

「今挟み撃ちにされたらどうなる」

帰蝶様がにっこりと笑った。

「全滅ですね」

「それはさすがに困るな。笑う気にはなれん」

「こういうこともあるでしょう。天下を狙うなど、元々狂っているのです。こういう時はしっかり楽しみましょう」

「何を楽しむのだ」

「殺し合い」

それから帰蝶様は楽しそうに鉄砲隊を集め始めた。白野さんを中心とした女の鉄砲隊は二百人いる。帰蝶様はその二百人を集めると十人だけ残してそれ以外を解散させた。

「それぞれ適当に岐阜に戻ってきて」

女たちが素早く散っていく。

その代わり鉄砲は残した。一人だいたい二十丁である。

「一発撃ったら捨てて。最後の一丁以外は全部捨てるのよ」

残った十人に指示を出す。それから皐月にも鉄砲を渡してきた。

「今回は撃つのは嫌なんて言わないでね」

信長様の行動は早い。木下様、明智様、そして池田勝正《かつまさ》様。この三人を城に残してすぐに軍を動かした。

信長様の軍は三万いた。だが、挟み撃ちになるなら数の多さがかえって足を引っ張るかもしれない。

「勝手に後をついてこい」

信長様はそう言うと、素早く撤退した。帰蝶様と鉄砲隊が続く。

後の人々も勝手についてくる。恥も外聞も隊列もなにもない。ただひたすらの敗走だ。

木下様たちがどのくらいしっかりと防ぐかが分かれ道のようだった。

「信長殿」

後ろから松永久秀様が追いかけてきた。

「どうした」

「朽木谷《くつきだに》を通って落ち延びなされ。さすれば安全です」

「あそこを守る朽木元綱《もとつな》は浅井の家臣であろう」

「形の上だそうですが、ほとんど会ったこともありません。朽木との関係ということであればまずはこの松永でしょう」

自信たっぷりに言う。

「本当だろうな」

「ここで信長殿に恩を売ってたっぷり儲けなければいけませんからな。自分が損をするような嘘はつきませんよ」

「わかった。任せる」

「褒賞の方は」

「好きなだけ言え」

「いいお返事です」

松永様は馬の上で楽しそうに声を上げて笑った。

「楽しそうだな」

「負けたのは拙者ではなくて信長殿ですからね。これに乗じて儲けられるというのに楽しくないわけがないでしょう」

「であるな」

信長様は苦笑した。

松永様の言葉には筋が通っている。負けたのは信長様で、松永様は痛くも痒《かゆ》くもないのである。うかつな慰めを言わないのはいっそ好感が持てる。

松永様は確かに嘘はついていなかった。朽木谷を通過した信長様は、何はともあれ京都に戻ることができたのである。

撤退を開始してからわずか二日で信長様は京都に戻ることができた。普通に移動すれば五日はかかる距離だ。

信長様の周りには二十人程度の部下がいるだけだった。

京都に戻ったといっても全く安心はできない。信長様が破れたことを知った周りの大名たちがいつ攻めてくるかわからない。

岐阜に帰り着いて状況を整えるまでは全く気を緩めることはできないだろう。

信長様を追いかけるように、皆が戻ってきた。

犠牲は思ったより少なかった。三千がやられたが、ほとんどは無事だった。怪我をしないというわけにはいかないが、また戦ができる程度の怪我である。

三万近い軍がまとまれば、おいそれと手も出せない。

ただ、足利義昭様は信長様の所に顔を出さなかった。言い訳はいくらでもつくのだろうが、結局はもう敵対するということだろう。

鉄砲隊の女たちも岐阜ではなく京都に戻ってきた。鉄砲を持っていなければただの女だ。なんだかんだと逃げ延びることができたのだろう。

信長様が京都で兵隊をまとめている間に、前に倒した六角義賢様が復活した。琵琶湖の周りをあっという間に制圧する。

ここを押さえられると京都と岐阜の間が遮断される。なんとか戻ったとしてももはや上洛することはできない。

信長様はすぐに稲葉一鉄を派遣した。

六角義賢は弱くはないが、稲葉様は強い。あっという間に琵琶湖付近の敵を蹴散らしてしまった。

信長様はすぐに琵琶湖付近の永原《ながはら》に布陣した。

そこで態勢を立て直してから岐阜へと戻ったのだった。

信長様は琵琶湖周辺の城に信頼できる武将を配置した。木下藤吉郎様、丹羽長秀様、柴田勝家様、佐久間信盛《さくまのぶもり》様など、そうそうたる武将を配置して、上洛への道を確保する。

六角義賢は一度攻めてきたが、あっという間に追い払われた。重臣をふくむ八百もの家臣を失っての撤退だった。

さすがにしばらくは戻れないだろうと思いつつ、信長様は敗戦の傷を癒《いや》すために岐阜に止まっている。

単純に兵が死んだというのは痛みではない。信長は倒すことができる相手だという気持ちが困るのである。

倒せる相手なら従う必要がない。

だから本来は従うはずの大名が敵対してくる。

ある日、帰蝶様が腕組みをしていた。

「どうしたのですか」

「やはり浅井長政と朝倉義景を殺さないと決着がつかないのよ」

「それはそうでしょうね」

「一体どうやって決着をつけようかしらね」

「戦ではないのですか？」

「もちろんそうだけど、あまり力押しをしたくない。相手も強いからね」

信長様も同じことを考えていたらしく、しばらくの間は平和の時が流れたのだった。

元亀《げんき》元年五月のある日。

「別れましょう」

帰蝶様がふいに言った。

「何を言い出すのだ」

信長様が慌てたように言った。

「妻がいやなの」

帰蝶様が言う。

「どういうことだ。わしのことが嫌いになったのか」

「それは全然ないんだけど。正室という立場がいやなのよ」

その理由はわからないでもない。正室というのは内政を引き受けている部分がある。帰蝶様としてはもう少し天下取りの方に力を注ぎたいのだろう。

「そうだとして、誰が正室をやるのだ。いないというわけにいかないぞ」

「吉乃でいいでしょう」

「いいでしょうと言うが、そんなに簡単に受け渡しできるものではないだろう。影響の大きさを考えるといい」

「みんなすぐ慣れるわよ。とにかく別れます」

「別れてどうするのだ」

「正室ではなくて上総介の女になるのよ」

帰蝶様のことばには全くためらいがない。

「幸い子供もいないでしょ。だから正室は吉乃に譲っても何の問題もないと思うのだけど嫌なの？」

「嫌だ」

信長様が抵抗する。しかしこの抵抗はおそらく虚《むな》しく終わるだろう。きっとものすごく考えて出した結論に違いない。

信長様が、助けを求めるような目で皐月を見た。

「別れたいんだそうだからいいのではないですか。信長様から離れると言ってるわけでもないのだから諦めましょう」

「皆に何と説明すればいいのだ」

「正室じゃなくて女になりました。でいいでしょう」

「全く良くないだろう。隣に座れば誰でも正室になれるわけではない。相応《ふさわ》しい女というのは限られるのだ」

「吉乃は大丈夫よ。戦の周りはわたくしがやるから問題ないわ。後のことを任せたいの」

「どうしてだ」

「正室が鉄砲担いで戦場に出ていては都合が悪いじゃない。人数も増えてきたし、鉄砲隊をわたくしと白野で分割します」

帰蝶様の考えは明確だった。鉄砲隊というのはある程度の人数が揃っていないと役に立たない。かといってあまり大所帯だと機動性がない。

そこで、一つの隊を十六人で編成して、そこに組頭を置く。組頭十人で百六十。この部隊を二つ作る。それぞれの頭が帰蝶様と白野さんだ。

「鉄砲隊の指揮をとる方が大変だから、別れましょう」

「本当にそれが理由なのか？」

「他に何の理由があるの？」

「他の男を好きになるとかな」

信長様が目を伏せる。帰蝶様の顔が怒りで赤くなった。

「言うに事欠いてどうしてそういう愚かなことを言うの。わたくしは天下を取りたいのです。そこら辺の男なんかいらないです」

「わしもそこらの男なのか」

「いらないから上総介と一緒にいると言ってるでしょう。軍を動かすのに正室では都合が悪いというのがわからないの」

確かに正室が鉄砲隊を受け持ったら、みんな正室が死なないように気を使わなければいけない。その結果、戦局が歪んでしまうことはあり得る。

「少し考えさせてくれ」

「いつまで？」

「ひと月ほど欲しい」

「仕方ないわね。頭が冷えるのにそのくらいはかかるかもしれないわね」

帰蝶様はそれで納得したようだった。

しかし、世の中の方は帰蝶様には優しくなかったようだ。


六月十九日。

近江《おうみ》の中で人望を持っている堀秀村《ほりひでむら》様が信長様についた。

この裏切りは単なる裏切りではない。浅井朝倉軍は、信長を迎え撃つために二つの要害を築いていた。この片方の大将が堀秀村様であった。

もう片方の大将樋口直房《ひぐちなおふさ》様とともに信長様に忠誠を誓ったのだ。

どうしたらそうなるのか皐月にはわからない。竹中半兵衛《たけなかはんべえ》様という人がいて、この人の弁舌でその気になったらしい。

いずれにしても、信長様にとっては大変良い機会だった。

この二人が味方になったことで周りの城の兵隊は皆逃げてしまった。浅井長政様の居城の小谷城《おだにじょう》までまっすぐ攻めることができる。

信長様は虎御前山《とらごぜやま》というところに陣を敷いた。小谷城にかなり近い。

小谷城は琵琶湖のすぐそばにあって、とても攻めやすいとは言えない。無理やり押していけばかなりの犠牲が出るだろう。

「撤退ね」

帰蝶様が厳しい表情で言った。

「戦わずに撤退はないだろう」

信長様が反論する。

「撤退すれば敵は追撃してくるでしょう。そこを迎え撃つのがいいと思うわ。あの城を攻めれば、犠牲が大きい」

「確かにそうであるな」

信長様は納得すると、素早く移動の準備をした。

「二里ほど先に横山《よこやま》という城がある。あれを落として拠点にしよう」

おびき出しつつ、長期戦の準備をするつもりのようだ。

信長様が移動を始めると、浅井様は軍を率いて襲いかかってきた。退却中に襲われると大きな損害がでる。

しかし、信長様の撤退を守る簗田《やなだ》広正《ひろまさ》、佐々《さっさ》成政《なりまさ》、中条《ちゅうじょう》家忠《いえただ》の三人が浅井軍を全く寄せ付けない活躍をした。

二十四日から、信長様は横山城を攻撃する。そこに、松平元康から改名した徳川家《とくがわいえ》康《やす》軍が六千で合流する。

浅井様にも、朝倉義景軍八千が合流した。

両軍とも有利な位置を探してるうちに姉《あね》川という川を挟んで対峙《たいじ》した。

織田徳川軍二万八千。浅井朝倉軍一万八千だった。

仕掛けてきたのは浅井軍のほうだった。磯野《いその》という武将がまっすぐに信長様に向かってせめてきた。坂井政尚、池田恒興《つねおき》、木下藤吉郎、柴田勝家と次々と突破される。

信長様の本陣まで敵が迫ってきた。

ここに、帰蝶様が三百二十の鉄砲隊を率いて立ちふさがった。

八十人ずつの一斉射撃を繰り返す。なるべく部隊の中心にいる兵を狙い撃つ。武将が死ねば兵は浮き足立つ。

浅井軍の進軍が止まった。

その横から、稲葉、安藤、氏家の美濃三人衆が襲いかかった。横から襲われたらどんな軍でも持ちこたえることはできない。

一方徳川軍も朝倉軍と戦っていた。徳川家康が直接指揮をとっている徳川軍に比べると、朝倉軍は士気が低かった。朝倉義景が参戦していないのである。

こうなってくると、一万の兵力差が大きい。

信長様は、じりじり通して、浅井様の軍を小谷城まで押し返した。城攻めをするまでの力は信長様にも残っていなかった。しかし、浅井様は名だたる武将を多数失ってしまった。

しばらくの間は大きな合戦はできそうにない。

信長様はこの戦果に満足してまずは京都に引きあげる。そして京都で三日過ごした後に岐阜へと引き上げたのだった。

信長様が浅井軍と戦っている間に、手薄になったとみた三好三人衆が復活した。

七月二十一日、三好三人衆軍は摂津《せっつ》国中島《ながしま》に布陣。野田《のだ》と福島《ふくしま》という場所に城を築いてしまった。どちらの城も海や川に囲まれた強固な城である。

松永久秀が、三好三人衆の侵攻に備え軍を整えたが、自分の領内で不穏な動きがあって全軍で対応するわけにはいかない。

八月十七日には、古橋《ふるはし》城という城が三好三人衆軍に攻められ、城兵はほぼ全滅という目にあってしまった。

その知らせを岐阜で聞いた信長様は、苛立《いらだ》った様子を隠そうともしなかった。

「あ奴《やつ》らを皆殺しにせねば気持ちが収まらぬ」

そう言いながら、帰蝶様の膝に頭を乗せて考え込んでいる。

「そうね。三好三人衆はそろそろ皆殺しにしたほうがいいわよね」

帰蝶様も同意する。

「ここは大軍で一気に攻めよう」

傍《はた》から見てると、膝枕でいちゃいちゃしているように見える。しかしこの夫婦の場合は話の中身が血腥《ちなまぐさ》い。

世の中には色々な夫婦の形がある、と皐月は感心した。

信長様は三千の兵を連れて出発した。援軍と合わせて合計四万の軍を起こした。八百人の兵で頑張って戦っていた頃とは格段の違いである。天下が近くなるというのはこういうことなのだろう。

信長様は三好三人衆のいる摂津まで行ったが、城攻めを控えた。明らかに犠牲が多くなりそうだったからである。

今回ばかりは足利義昭様も、信長様の味方をした。信長様が破れると京都もただでは済みそうになかったからである。

さらに、雑賀《さいが》、根来《ねごろ》から二万の援軍も来た。鉄砲の得意な雑賀衆は、三千もの鉄砲隊を連れてやってきたのである。

野田、福島の城の西にある浦江《うらえ》城を落とすと、とにかく鉄砲を撃ちかけた。

三好三人衆の軍も鉄砲隊で反撃してきたが、信長様の軍の火力の前に粉砕されてしまう。

そしてとうとう、和睦《わぼく》の使者が来た。

だが信長様はそれを一蹴した。もう全員殺す、と明らかに思っている。皐月としても、これはまあ仕方がないという気持ちである。

ところが。

「すぐ逃げましょう」

帰蝶様が言った。

「もう少し攻めたかった」

信長様が残念そうに言う。

「どうしたのですか」

「本願寺が参戦したわ」

帰蝶様が表情を変えないままに言う。

「こういう時って、仏門って参戦するんですね。お経を唱えるのが仕事だと思ってました。というか僧が人を殺していいんでしょうか」

「本願寺は天下を狙ってるから。坊主といっても薙刀《なぎなた》を持って暴れている連中がたくさんいるのよ。その上、信徒が襲ってくるんだからやってられないわ」

信長様が撤退の準備をしている間に、浅井朝倉の連合軍は再び進撃を開始した。連合軍を食い止めることには成功したが、代わりに昔から信長様に仕えていてくれた森可成様を失ってしまった。

浅井朝倉の軍に加えて、一向一揆《いっき》の軍勢が加わったため、三万を超える軍になっていたのであった。

森可成様はよく食い止めたといっていい。

二人が結婚した頃からの古い武将だけに、二人とも苦い顔をした。

これに加えて比叡山延暦寺《ひえいざんえんりゃくじ》が参戦した。

「国をあげて上総介を叩いているような気がする」

さしもの帰蝶様も苦笑した。

「本当ですね。みんなよくまとまりますね」

「それだけ上総介が恐ろしいということよ」

「それはなんとなくわかります」

「上総介が天下を取るのを認めるのかどうか。彼らはその選択を迫られているのよ。

そしてどうあっても認めることができないという結論に達したのね」

「この後どうなるんでしょうかね」

「全部殺す。決まってるでしょう」

帰蝶様は嬉しそうに笑った。

「そこって笑うところなんですか」

「敵を殺して階段を上っていくしかないのよ。血と骨と肉でできた階段を上ってこそ天下が取れるというもの。敵が多いほど見返りも多いわ」

それはなんとなくわかる。今は苦しい時だが、これを乗り越えてしまえばきっと平和が来るのに違いない。

信長様はすぐに撤退しようとしたが、これがなかなか簡単ではない。うかつに撤退すれば襲われてしまう。本願寺との和睦が必要だったがこれもなかなかうまくいかない。

浅井朝倉軍は、京都に入った。このままでは京都が落ちてしまう。

信長様は、明智光秀様、柴田勝家様の二人を京都に派遣した。

しかしすぐに急使が届く。自分たちでは支えられないという柴田勝家様からの使者である。

「これはもうどうにもならないわね」

帰蝶様がため息をついた。

「完全な負け戦であるな」

信長様も言う。

信長様は、全軍を集めて強引に京都に撤退した。そして坂本《さかもと》という場所に陣を張って浅井朝倉軍と対峙したのであった。

帰蝶様は、ひたすら食事と酒の手配をしていた。

強引に撤退したから、兵たちは疲れている。このまま戦っても死ぬだけだ。食事と睡眠が何よりも必要である。

幸い浅井朝倉軍は延暦寺に立てこもっていた。延暦寺は山の上だからこもっていれば安全である。

「相手が延暦寺に行って助かったわ」

帰蝶様は、様々な指示を飛ばしながら、安心したように笑った。

「今攻められたら全滅しますものね」

信長様の軍勢の数は多かったから、浅井朝倉も攻める決断ができなかったのだろう。結局延暦寺と睨み合いになってしまった。

しかしその間にあちらこちらの一向一揆との戦いで、信長様の弟のひとり信興《のぶおき》様が戦死。他にも様々な武将たちが討ち死にしている。

「さすがにこれは滅んでもおかしくない状態であるな」

信長様が唇を噛《か》んだ。

「全くですね。これは危ないです」

「浅井朝倉と和睦するしかないであろう」

信長様が言う。

「相手がのってくれるんですか」

皐月が思わず突っ込む。

「足利義昭を使おう。浅井朝倉は将軍家に対しては敬意を持っておるからな」

「他の方法はないでしょうね。延暦寺も完全に敵対してるし」

「延暦寺と和睦はできないんですか」

皐月が言うと、二人そろって首を横に振った。

「全然駄目ね。こちらが落ち目だと思って叩きに来てる」

とはいっても、帰蝶様は絶望した様子はない。

「幸いなのはそろそろ雪が降るということね」

「それっていいことなんですか」

「雪が降れば、朝倉は帰りたくても帰れなくなる。そろそろ兵糧《ひょうろう》も心もとないでしょう。延暦寺は囲んでいるから、補給はままならないはずよ」

帰蝶様の読み通り、浅井朝倉は和睦に応じた。

こうして信長様はなんとか岐阜に帰り着くことができたのであった。

四章

「やはり猪は美味いな」

久しぶりに岐阜に帰ってきた信長様が食べたいと言ったのは猪だった。

戦場ではさすがに食べることができない。

岐阜に帰ってきてから半月。やっと少し落ち着いたというところである。

落ち着いて食事をしていた時、信長様に使者がやってきた。

「松永久秀様、織田信長様に対して挙兵でございます」

帰蝶様が、面白い、という表情になった。信長様の方は、気分が悪いという顔である。

「久秀め。わしを見限ったということか」

「岐阜の大うつけと言ったところですね」

そう言って、帰蝶様は声を上げて笑った。

「笑い事ではないだろう」

「いえ。笑い事です」

帰蝶様はきっぱりと言った。

「これで勝ちの目が拾えます」

どういうことだろう、と、皐月は思う。これだけ周り中に手を組まれて戦われては
どうやっても勝てないような気がする。

あの変わり身の早い松永様が裏切ったということは、もう信長様は駄目だと思う大名も多いだろう。

「何で勝てるんですか。ヤバくないですか」

「もちろん苦しい。だけどね、全部ではないけど、相手の何割かは目が覚めるのよ」

「目が覚める？」

「今手を結んでる人たちが、本当の意味では味方ではないということね。上総介が倒れたら今度はお互いが敵になってしまう。だとすると、今自分が持っている戦力は減らしたくない。だから捨て身で上総介と戦うことができない。同盟や連合というのは、相手が強いから成り立つのよ。勝利を目前にした時が一番崩壊しやすいわ」

「崩壊するとどうなるんですか」

「各個撃破のいい機会だわ。ひとつずつ潰してく」

それから帰蝶様は自分の右手の人差し指を舌先で舐《な》めた。

「戦というのは狂気なのよ。狂っているから戦えるの。目が覚めてしまったら殺し合いなんてとてもできたものではないわ」

帰蝶様はずっと狂気の中にいるのだろうか。

なんとなくそれが当たり前のような気がする。それに慣れている皐月も目の覚めることのない狂気の中にいるのだろう。

そしてそれはすごくいい人生のような気がした。

松永様が敵対したと聞いた信長様は、延暦寺に手紙を送った。改めて、信長様の味方をするかどうか確認である。

もちろん延暦寺は断ってきた。

信長様は、上洛の通り道にある近江地方を制圧すると、即座に比叡山延暦寺に兵を向けたのであった。

「どうして延暦寺なのですか」

皐月が訊くと、帰蝶様はこともなげに言った。

「一番油断してるからよ」

「でも軍を向けられているんですよ。油断するなんてないでしょう」

「それがするのよ」

くすっと笑ってから、帰蝶様は真顔になった。

「自分が強いと思ってるときが最も弱く、弱いと思ってるときが最も強い。弱さと強さはいつも絡み合ってるものなのよ」

「わかりません」

「織田は弱く、延暦寺は強い。その上で歴史のある寺を本気で攻めれば本格的に寺社勢力を敵に回すことになる。そんな度胸はないだろう。そう思えば援軍も遅れる。上総介が本気だと気付いた時には延暦寺は落ちているわ」

「それなら結構早く降伏しそうですね」

「させないわ。皆殺しにする。女も子供も誰も容赦しないわ」

「本気ですか」

「本気よ。逆らったら皆殺し。そういう印象をきちんと植え付けておかないといけない。しつこく抵抗されたらお互いの死者が増えるだけだから。少しの死者で止めるためには延暦寺は皆殺しにする」

そう言ってから、帰蝶様は楽しそうに声を上げて笑った。

「戦いで死ぬと極楽に行くって教えてるんだから、殺されたって文句はないでしょう。極楽に送ってあげるんだから功徳ってものよ」

帰蝶様の言葉は全く嘘ではなかった。

信長様は三万の兵力を以《もっ》て、まずは延暦寺周辺にある坂本の町に火をかけた。それからゆっくりと山を登っていく。

女でも子供でも出会うものは全て斬った。

山から降りて逃げることは全く許さないという姿勢である。

もちろん、降伏する女子供や僧侶は黙って逃すという武将もいた。

「命令違反はいいんですか」

「いいのよ。本当に全滅されても困るのよ」

「全滅させるんでしょう？」

「本当にみんな死んでしまったら、噂をまく人がいないじゃない。上総介に皆殺しにされたと言ってまわる生きている人が必要なのよ」

確かにそうだ。本当にみんな死んでしまったら生き証人というものがいなくなる。

みんな殺されたと言ってまわるというのはよく考えたら不思議である。

みんな死んだなら生き残って噂をまく人はいないからだ。

「それにしても、寺って何でこんなに女の人が多いんですか。確か女性立ち入り禁止じゃなかったでしたか、延暦寺って」

「金で買われた女よ。口では綺麗事を言っても、実際には仏の教えなんてそっちのけで、戦ったり女を抱いたりするひとが多いの」

帰蝶様はそう言って言葉を区切った。

「だからいっそみんな殺してやればいいんだわ」

信長様は徹底した殺戮《さつりく》を命じた。佐久間信盛は、正面切って殺戮に反対した。なので佐久間軍のほうに逃げた人たちは助かった。

木下秀吉様は、一人残らず斬って捨てます、と宣言したが実際には斬らなかった。

意外だったのは明智光秀様で、女子供に至るまで淡々と殺していった。

「こういうのって性格出るんですね。明智様は助けるほうかと思いました」

「光秀は正義感が強いから許せないんでしょ」

「正義感が強いと人を殺しちゃうんですか」

「そうよ。人を殺すのは悪ではないわ。善人こそが人を殺す。そして悪人と違って善人は人を殺したことを気に病まないのよ」

「気に病まないなら悪人ではないんですか」

「悪人というのは、自分が悪いことをしていると思っている人なのよ。善人というのは自分がいいことをしていると思ってる人ね。それがたとえ人殺しであったとしても、いいことなら気に病まないでしょう。だから善人は悪人よりも厄介なのよ。いつだって自分が被害者だと思っているしね」

確かにいいことをしていると思っているなら、気に病まないだろう。

それだと光秀様は、自分が良いと信じたなら割と簡単に人を殺してしまう人だということになる。

信長様や帰蝶様とは別の意味で狂っているのかもしれない。

延暦寺を焼き払った後、信長様は正親町天皇のところに挨拶に向かった。ごく普通の顔でにこやかに公家の人たちと会話する。

延暦寺の話題は全くでない。というよりも延暦寺というものが存在していたのだという気配すらなかった。

昨日まで崇《あが》めていたはずなのに、今日になったら存在していなかったことになる。その上で笑ってお茶を飲んでいられる公家という人たちは、皐月には全く理解できない。

盗賊の方がむしろ理解できるような気がした。

延暦寺を焼き討ちにした信長様は、跡地を明智様に渡した。延暦寺は五万石もの領地を持っていたから、明智様は一躍家臣の頂点に立ったのである。

「明智様を優遇したのは今回の功績ですか。でも功績だけならみんな似たようなものですよね。わざわざ延暦寺の跡地に明智様を置くからには理由があるんでしょう」

「皐月はそういうところ細かいわね。もちろん理由はあるわ」

「何ですか」

「朝廷を殺すときに使いたいからよ」

明智様は理屈が通っていれば残酷なことも確かに平気だ。しかし、朝廷を滅ぼすということに対して正しい理屈を作れるのだろうか。

延暦寺をなかったことにした信長様は一旦岐阜に戻る。そうして、次に誰を滅ぼすかを考えることになった。

「やはり浅井であろうな」

「そうですね」

帰蝶様はうなずいた後で、信長様の方をしっかりとみた。

「お市はどうされますか」

お市様は、不思議なことにまだ浅井長政様と夫婦であった。これはかなり珍しいことである。

信長様と浅井様が敵対している以上、大抵は離縁になって帰される。そうでなければ殺されてしまう。

しかし浅井様は、重臣がなんと言おうと、お市様と夫婦をやめなかったのだ。

「今もまだ夫婦というのか。浅井長政は立派な男であるな」

「立派だから一緒に殺してあげた方がいいのかもしれない」

「もしわしが攻められて死ぬことになったらお前はどうする。逃げるか。死ぬか」

信長様に訊かれて、帰蝶様は楽しそうに笑った。

「わたくしが殺します。切腹なんてさせないわ。わたくしの手で上総介にとどめを刺す。そうしてからわたくしも死ぬ」

「とどめを刺してくれ、ではなくてお前がわしを殺すのであるか」

「上総介はわたくしの男だから、いざとなったら自分で殺す」

そう言ってから、帰蝶様は信長様を真っ直ぐに見た。

「愛しているのではないの。恋してるのよ」

立派な言葉だ、と皐月は思う。

「お市様はどうなんでしょう」

「あれは自分と寝てる女だから、普通に生きるでしょう。浅井長政が死んでも」

「自分と寝てるって何ですか」

「浅井長政を好きな自分が好きなのよ。だからものすごく入れ込むし、つくすわ。でもし相手が死んだら結構けろっとしてるものよ」

そう言われて、自分のことを考える。般若介が死んだ時、自分はどう思うのだろう。そもそも妻ではない。

般若介が皐月を抱きたいときに勝手に抱いていくだけだ。

それでもかまわないと思っているのは、般若介がそのうちに死ぬと思っているからだ。本当に死なれたらどうなるかは考えてもわからない。

「それで、帰蝶は市を殺せというのであるか」

「本人が死にたいと言ったら。生きたいと言ったらもちろん助けるわ。何と言っても皐月を生かして帰してくれたのだから。恩には報いる」

そう言ってから、帰蝶様はあらためて言った。

「浅井長政を殺しましょう」

そして、信長様は浅井長政を攻めることにしたのであった。

しかし。

浅井様は、小谷城から全く出てこない。

町を焼き払われようが、動かない。しばらくすると、反織田連合が別の地方で暴れ始めて撤退するしかなくなってしまう。

二回侵攻したが、同じであった。

そしてその間に、最悪の事態が起こったのであった。

甲斐《かい》の武田信玄様が、三河に向けて侵攻を開始したのである。徳川家康様にとっては、最大の危機と言えた。

信長様としては、これを助けないわけにはいかない。

徳川様とは清洲同盟を結んでいる。同盟など全く守られない世の中にあって、徳川様は決して信長様を裏切ったことはなかった。

元亀三年十一月、武田信玄様は、岩村《いわむら》城に向かって侵攻を開始する。岩村城の城主遠山景任《とおやまかげとう》様は外交上手で、信長様とも、武田信玄様とも中立で付き合っていた。そのため、岩村城は一種の中立地帯になっていたのである。

ところがこの城主が死んで、妻のおつやが城主になった。彼女は信長様の叔母《おば》にあたっていて、必然的に岩村城は織田方ということになった。

武田としては今までは中立だったのがいきなり敵になったのである。当然のように攻めてきた。

おつやの方も城主として果敢に戦ったが、正直言って武田の精鋭に勝てる見込みは全くない。武田側は、猛将秋山信友《あきやまのぶとも》を立ててせめてきた。

おつやの方は、自分が秋山信友の妻になるという申し出で降伏し、城兵の命を救うことに成功したのだった。

信長様は救出の援軍を送ってはいたが、あまり役に立たなかった。とはいってもこの状態で役に立つような軍はない。

信長様の言葉はひとつだけであった。

「叔母は美人だからな」

「自分一人でみんなが助かるなら十分に納得できるわね」

帰蝶様も言う。

「問題は、武田信玄が本気だということだ」

信長様は渋い顔をした。

今まで武田信玄様は、上洛すると言いつつしなかった。地理的な条件が大きかったし、上杉謙信との対立問題があったので動かなかったのである。

武田信玄様は強い。戦の力で言うなら信長様よりずっと上だろう。

「本気にならなければ仕方がないというところね」

帰蝶様が落ち着いて言った。

「武田信玄が上洛したらかなりよくない状態なのではないですか」

「すればそうね」

「すればってなんでしょう。まさかまた毒殺ですか？」

「しないわよ」

帰蝶様が苦笑した。

「でも死ぬわ。毒殺ではなくて病気でね」

「そうなんですか？」

「ええ。だから無理して上洛するのよ。そもそもこの上洛は無理だから」

「なぜ無理なのですか」

「武田信玄が上洛するためには、織田、徳川とは同盟を結ぶ必要があるの。敵対していたら絶対に無理なのよ」

帰蝶様が自信を持って言う。

確かによく考えればなかなか難しい。昔の織田ならともかく、今はかなり強力な大名に成長している。

岐阜を通過するにしても、食料や物資を甲斐から運びながら京都に向かうというのはかなり無理がある。途中で物資を奪われたら終わりである。

かといって近江から戦闘中の武田に物資を届けることもできないだろう。

つまりこれは無理なのだ。

「上洛する形だけ見せたということでしょうか」

「それも違うであろうよ」

信長様が首を横に振る。

「勝頼《かつより》のためじゃないかしらね」

「息子さんのためですか」

信長様が首を縦に振る。

「武田勝頼はいい武将である。しかし、あれぐらい優秀な親からするとあの程度では物足りぬであろうな」

「息子さんの力を信じられないんですね」

「そうだ。だから甲斐の武田では物足りない。天下布武と行きたいところだろうよ」

それから、帰蝶様は肩をすくめた。

「自分の子供のために寿命をすり減らすなんて、わたくしはいやだけどね。でもそれが親というものらしいわ」

「天下を取っても、継ぐ者がいなければ寂しいというところであろう」

「上総介はどう思うの」

「力がないものが血筋というだけで天下を治めるようなことがあれば乱れていくだろう。秦の始《し》皇《こう》帝とて、自分が死んだ後はどうにもできなかったからな」

「信長様は、自分が天下を取ったとしても、息子さんが引き継がなくていいと思っているんですか」

「天下を取れば、勝手に息子を立てるやつが出るだろう。それに吉乃が自分の子供を天下人に据えたいだろうよ」

それから信長様は、自分の額を自分の右の拳でこつん、と叩いた。

「親子であろうと、この頭の中身は全然別物だ。継ぐことはできない。だから息子であろうと本来は自分の才覚で登ってくるべきなのだ」

それはそうかもしれないが、親としてはなかなか難しいだろう。

武田信玄様は、どういう気持ちで上洛を考えたんだろう。もし本当に病気で、最後の力を振り絞っているんだとしたら武田軍としては全力で支えているに違いない。

「だとすると、武田様の軍はすごく強いのではないですか」

「強いと思うわ」

帰蝶様が頷いた。

「徳川家康は、もし戦ったら簡単に蹴散らされるでしょうね」

「援軍は出すんですか」

「三千出す」

「それだと足りないのではないですか」

「そのくらいがちょうどいいの」

帰蝶様が言う。

「多いといけないんですか」

「いけないわね。少ないほど良い。でもあまり少ないと家康が拗《す》ねてしまうから」

まるで子供におもちゃでも与えるかのような言い方である。

「数が少なければ、武田信玄に侮られるのではないですか」

「逆よ。数が少なければ気持ちが悪いわ。何と言っても、余った兵力がどこに現れるかわからないでしょう。食料運搬を邪魔されるのが何より怖いはずよ」

食料が三日届かないだけで兵の士気はがっくり落ちる。武田信玄様としては、むしろ戦わずに通り抜けたいくらいの気持ちだろう。

十二月三日。武田軍三万は、徳川家康の城の前を通過して、そのまま近江に向かおうとした。

武田信玄様としては、実は戦いたくなかったのではないかとのちに皐月は思う。

しかし目の前を通過されて黙っていることはできない。武田が和睦の申し出をするならともかく、無視は駄目である。

結局徳川家康は、一万あまりの軍で三万の武田に襲いかかったのである。

そして戦いはすぐ終わった。半日も粘れなかった。徳川軍は散々に追い散らされた。徳川家康の重臣が身代わりとしてかなりの数散ってしまった。

にもかかわらず、武田信玄は進軍しなかった。三方原《みかたがはら》の近くに止まったままだ。

「進軍しないのではなく、できない、と見るべきね」

帰蝶様が言う。

「であるな」

「それならいい機会だからやりましょう」

「なにをですか」

皐月が聞く。

「足利義昭を殺す」

帰蝶様が当たり前のように言った。

「そんなことできるんですか。今ってむしろ信長様がやられかけているのではないですか」

「こないだまでそうだったわね」

「もう違うんですか」

「違うわ。反織田連合はもう崩壊した。武田信玄が進軍しなくなったことで決定的に亀裂が走る」

本来なら武田様に合わせて攻めてくるはずの朝倉義景様の軍が越前《えちぜん》に引き上げてしまった。

松永様も三好様も本願寺ももはやバラバラである。全員が集まって攻めてくれば信長様に勝ち目はない。しかしバラバラになったのであればそれぞれを撃破すればいい。

「足利義昭の檄文はそれなりに効果があるのよ。だから最初に殺す」

「そうすると室町《むろまち》幕府って滅んでしまうのではないですか」

「何か問題があるの」

そう言われて、皐月は考え込む。

長い間続いた伝統を消滅させてしまうというのはもったいないような気もする。と言っても形骸化した伝統はなくなっても構わないとも思う。

信長様が新しい伝統を作るというのなら、幕府は消えても構わない気がし、

「そうですね。誰も困らない気がします」

「だからここはやってしまいましょう」

帰蝶様にはためらいがない。

「それでも将軍を倒すとなれば、またみんなでまとまるのではないですか」

「一度バラバラになったものがもう一度集まるというのはなかなか大変だ。集まるかもしれないが時間はかかるだろう」

「ところで、どうして信長様と仲が悪いんでしょう。昔は信長様のことを父とか呼んでなかったですか」

「頼りすぎるから憎くなるのよ」

帰蝶様がにっこりと笑う。

「憎しみというのは恋のようなものだからね。別の考え方をすれば、恋ほど簡単に憎しみに変わるものはないわ」

「恋と憎しみってだいぶ違いませんか」

「恋をすれば、一日の大半は相手のことを考える。強く憎めば、やはり一日の大半は相手のことを考えるでしょう。似たようなものよ」

「それはそうかもしれませんが、足利様と信長様は恋をしているわけではないでしょう」

「してるわ。天下というものを手に入れる時に、上総介が用意してくれると思えば甘えるじゃない。甘えの度が過ぎればたやすく憎しみになる。上総介は足利義昭のために生きているわけではないからね。自分だけを見て、自分のことだけを考えてと思われたら亀裂が走るに決まってるわ」

「まるで痴情のもつれですね」

「まるでではなくて痴情のもつれよ。天下という名前の美女がいて、みんなその女と寝るために頑張ってるわけ。足利義昭は求婚される立場だからね。つれなくされるとどうしても暴れてしまう」

そうはいっても、実際のところは武田信玄様の動向次第である。信長様は、一応足利義昭様と和睦することに決めたようだった。

武田信玄様がなんとかなるまでの短い和睦である。

ところがこれを、足利義昭様がはねつけた。

足利義昭様は、自分の軍を連れて近江まで進出してきた。石山《いしやま》と今堅田《いまかたた》の砦に自分の軍を入れると信長様と戦おうとしたのである。

そもそもどこから軍が出てきたのだ、と皐月は思う。

足利軍というものはいない。仕官する口がなくてあぶれていた人々が集まって軍勢らしいものを形成しているに過ぎない。

信長様の軍のように鍛え上げられているわけではない。有能な武将がいるわけでもない。形だけの軍勢である。

それでも、自分で指揮できる軍があるというのは嬉しいに違いない。言ってしまえば合戦ごっこというところだ。

「足利義昭様の気まぐれに付き合って死んでいくっていうのはたまったものではありませんね」

「付き合いたいから付き合うんだから、死ぬのも自分の意思よ」

帰蝶様はそこに対して冷たい。

確かに自分の意思と言えなくもない。ただ、と皐月は思う。自分の意思をしっかり持ってそれを貫いて生きています、と言える人間はどのくらいいるのだろう。

例えば武田信玄様のようにしっかり生きている人はいる。しかしそれに付き従っている人間は武田信玄様に従う、ということを選んでいるのだ。

美濃の斎藤龍興様にしても、父親の代から仕えているから仕える、という選択をしたものが多かったろう。

仕えられる方は、生まれた時から誰かが自分に仕えるのが当たり前だと思っているから甘えが出る。

そうでなければ簡単に女に溺れるようなことはないだろう。

足利義昭様は、自分が将軍になれると思わなかったから、天下を握っているという実感が欲しいに違いない。

そして従っている者たちも、なんとなくそれに乗せられて、しかも、浅井朝倉を相手に信長様が苦戦しているのを見ているから、自分たちでも簡単に勝てると思ったに違いない。

相手の力量を測るのは難しい。そしてそれを自分の力量と比べるのはもっと難しい。

信長様は、和睦をはねつけられると、すぐに砦に軍を派遣した。柴田勝家様、明智光秀様、丹羽長秀様、蜂屋頼隆様の面々がすぐに砦に向かう。

十日も持たずにどちらも落ちた。

その知らせが来た時、帰蝶様が笑いもせずにため息をついた。

「全く面白くない連中ね」

「面白くないって何ですか」

「本当に足利義昭が軍を動かしたときには誰も援護に来ないじゃない。浅井も朝倉も、それどころか松永や六角まで見物している。義によって立つ、みたいなことを口では言うけど本当には何かする気はないのよ。足利義昭は、武田信玄が攻め上ってくると思ったから強気で出陣したけど、来ないとわかったらどうかしらね」

足利義昭は、二条城《にじょう》に立てこもって信長様と戦うつもりらしかった。三好三人衆や松永久秀も立てこもる。

まだ武田信玄との決着がついていないので、信長様は天皇の力を借りてなんとか和睦をすることができたのである。

和睦がなった晩、信長様はげんなりした様子で帰蝶様のところに戻ってきた。

「酒をくれ。つまみは味噌でいい」

信長様は、焼いた味噌でお酒を飲む。

「朝廷と仲良くするのはわしには無理だな。ああいうのは光秀に任せておくしかないな」

「そういえば、明智様は足利義昭様と戦うことに関しては何か言ってるんですか。さりげなくあちらについたりしないですか」

「光秀は朝廷の味方だが将軍の味方ではない。足利義昭がどうなっても特に気にはしないだろうよ。むしろ自分が朝廷を直接守れる方が嬉しいだろう」

それから信長様は疲れた様子で苦笑した。

「それにしてもあれでは松永も大変だろう」

「何か言われたのですか」

「足利義昭め、わしに直接会うと機嫌がいいのだ。まるで他の女に気持ちを移していた男が帰ってきたかのような態度だ」

「まるでではなくてそのものでしょう。上総介が恋しくて仕方がないのですよ」

帰蝶様が楽しそうに笑った。

「かわいそうなのは松永久秀ね。あの男は浮気者だけれど、足利義昭を支えるつもりがあるから。相手が不実だとやりがいがないでしょう」

「信長様が足利義昭様を倒したらまた味方になるでしょうか」

「それはないな。今度は最後まで戦うだろう。残念だ」

「そこは残念なんですか」

「わしはああいう男は嫌いではない。風を読むのにたけている男は役に立つからな。しかし今回ばかりは足利義昭の恋だからな。駄目だろう」

「なんでも恋でかたがつくのでしょうか」

「なんでもではないけど、大抵はつくわね」

帰蝶様は自分も少しお酒を飲むと息をついた。

「人間は恋でできてるから。それは別に男女の問題だけではないのよ、同性とか異性とかそういうものではないの。人はいつも自分に恋をしていて、そして誰かに恋をしている。大切に思う相手が見つかれば尽くしたくもなる」

それから帰蝶様は皐月の眼をまっすぐに見つめた。

「わたくしと皐月の関係だって立派に恋だと思うけど、どう思う」

「そうですね」

皐月は考えることなく答えた。

帰蝶様が皐月をどう思っているかはわからないが、皐月の側は恋と言われれば明らかにそうである。

　帰蝶様のために死ねと言われれば、そうなのか、と思って死ぬだろう。

　それは絶対的な敬愛だし、それを恋と言わないのであれば世の中に恋なんてものはないのではないかと思う。

　帰蝶様は皐月に恋をされているという絶対的な自信を持っているようだった。

「和睦できたなら、将軍問題はこれで解決ですね」

「全く解決しないな。しばらくはいいだろうが、あっという間に反旗を翻《ひるがえ》すだろう」

「わかっているのに手を打たないのですか」

　信長様は、一瞬声を立てて笑いかけて、笑うのをやめた。

「そうだな。生きていて欲しいと思うほど足利義昭に情がない」

　そう言ってお酒に口をつける。

　情がない、という言い方をするということは、本当は打つ手があるということだ。

　それはおそらくめんどくさいことなのだろう。

　皐月が思うに、浅井も朝倉も三好も松永も全部倒してしまって、信長様ががっちりと天下を摑んだ後で、「迎えに来た」と言われるのが足利義昭様の理想なのではないだろうか。

その気持ちはよくわかる。般若介に迎えに来て欲しいと思わないが、例えば帰蝶様が世の中のことを全部捨てて、皐月と二人だけで暮らすから身の回りの世話を全部しろと言ったらそれはそれで幸せだろうと思うのだ。

この人とならふたりだけで生きていってもいい。そう思える相手がいるのはとても幸せなことだ。

足利将軍家などという家柄に生まれてしまったら、誰も信用することはできないだろう。男であれ女であれ、自分自身ではなく、足利将軍家の誰か、として見る。

言ってしまえば足利義昭様は生きている旗印であって、人間ではないのだ。

そうならそれに溺れて一生を過ごすのが一番幸せなのだろう。

そうならないだけの理性と才覚があったのはむしろ不幸なことだったかもしれない。恋する相手が信長様でなければまた違ったのかもしれない。

いずれにしても、破滅に向かう方向を選んでしまったには違いない。

三河でしばらく粘った武田信玄様は、諦《あきら》めたのか甲斐に向かって撤退を始めた。しかし、国に帰り着くことなく途中で死んでしまった。

武田信玄様は、自分の死を秘密にしろと言ったらしいが、あっという間に全国に広がってしまった。

「これは固く口止めをされていることなのですが」

という前置きで秘密を喋《しゃべ》るのはたまらなく気持ちがいい。もちろん本当の意味で口が堅い人間もいないわけではないが、少数派だ。

ましてや金になりそうな情報となるとすぐに売り飛ばしてしまう人間は少なくない。

そもそも、武田家が盤石であると思わなければ、裏切って逃げた方がいいのである。

そして武田信玄様を失った連合軍はもうただの烏合《うごう》の衆と言ってもよかった。

元亀四年七月になって、足利義昭様は信長様に対して挙兵した。

二条城を部下に任せて、自分は槇島《まきしま》城に立てこもる。

信長様は、すぐに攻めようとはしなかった。

一番最初にやったのは、町の噂を集めることだった。

「思ったよりも素行が悪いな」

信長様が楽しそうに言う。

「そんなに悪いんですか」

「悪御所などと呼ばれている。もう少し品行方正だと攻めにくかったな」

「町の噂ってそんなに重要ですか」

皐月は不思議に思う。

圧倒的に強い武力を持っているなら噂くらいはねじ伏せられそうな気がする。

「町というのは力で押さえつけてはだめなのだ。力を使ってもいいのはあくまで合戦であって、生活に対して力を使ってはいけない。それはいつか必ず自分に悪い形で返ってくるからな」

それは確かにそうだ。信長様は庶民に対しては乱暴狼藉を働かない。ものすごく不利な状態でも滅んでいないのは、そのせいもあるのだ。

信長様の軍が勝って、平和になる。その後別の軍が信長様に勝つと、今度は乱暴狼藉、略奪をされる。

町の人としては信長様の方がいいに決まっている。

そういった見えない気持ちが戦にも影響するのだ。

「二条城に関しては、戦わずに降伏させる」

信長様がきっぱりと言う。

「京都の町であまり合戦したくないから」

帰蝶様も賛成のようだ。

「京都の町では、という言い方をするということは、他の土地よりも京都の方が大切だということなんですか」

「京都の人間は根に持つから」

帰蝶様が笑う。

「何百年経《た》っても、あの時上総介が二条城に火をかけた、と言ってまわるのよ。そういうのがめんどくさいから戦はしない」

「戦わなくても落とせるんですか」

「もちろんよ。覚悟があって戦いに来てるわけじゃなくて、雰囲気に流されて城に立てこもってるだけだからね。死にたいのかって言われたら出てくるわ」

「それならいいですね。というか信長様って暴虐の王みたいに言われてるけど説得するの本当に多いですよね」

「余計な血を流していいことはないわ」

「でも皆殺しもするんですよね」

皐月は延暦寺のことを思い出した。信長様による皆殺しの話はかなり幅広く伝わっているようだった。

「皆殺しが嫌だから説得に応じるのよ。噂というのは尾ひれがつくから、実際よりはかなりひどく伝わっているようよ」

「そういえば何もかも灰になったとか、死体まで刻まれたとか言っている人いますね」

延暦寺の焼き討ちは確かに苛烈《かれつ》だった。しかし町の人が言うほど苛烈ではない。焼けたって言っても三分の一程度だ。

それに皆殺しにしろという命令を出したのは本当だが、結構みんな逃していたし、そこは信長様も特別厳しくは言わなかった。

もう討死します、と心に決めている人以外は信長様は怖い。妻子に至るまで切り刻まれると思ったらやっていられないだろう。

そして信長様は、抵抗すれば妻子に至るまで切り刻んで河原に晒《さら》すという噂をばらまいたのであった。

信長様は、明智光秀様と細川藤孝《ほそかわふじたか》様を遣わして説得する。

二人とも朝廷よりだから、熱心に説得したらしい。特に明智光秀様は延暦寺を攻めているから、臨場感たっぷりに語ったようだ。

ほどなくして二条城は陥落した。

信長様は、全部二人に任せて、自分では出て行くことはしなかった。あまり興味がないらしい。

そしていよいよ、足利義昭様を殺すために槇島城に向かったのだった。

槇島城は、水城という城である。巨大な池の中に立っていて、ほとんどが天然の堀という作りだ。

難攻不落という気持ちになれる城だった。

城を前にして、信長様は兵を集めて舞を舞った。帰蝶様も合わせて舞を披露した。

どう考えても前祝いである。

「このような城に二日も三日もかけるのは恥だと思え。皆殺しだ」

信長様が言うと、明智光秀様が進み出た。

皆が注目している中というのは気にもせず、信長様に意見した。

「足利義昭様の命はどうかお助けください」

全員がぎょっとして明智光秀様に注目する。いくらなんでもこの場で信長様に意見するのは無茶が過ぎる。

後でこっそり言うならわかるが、今言うのはよくない。信長様が受け入れれば指図したようにも見える。

かえって意地になって足利義昭様を殺してしまうかもしれない。

全員が話の行方を見守っている中で、帰蝶様が進み出た。くすくすと笑いながら光秀の前に立つ。

「ばーか」

はっきりと聞こえるように明智光秀様を罵倒《ばとう》する。

それから、大きく叫ぶ。

「木下秀吉。こちらに参るがいい」

木下様が、慌てたように走ってきた。

それにしてもすごい、と皐月は思う。いくら正室だといっても、武将を罵倒するのはなかなか度胸がいる。

帰蝶様の場合は、鉄砲隊としての意見もあるから、反発も少ないのである。女鉄砲隊に助けられた人たちは多い。

さらに言えば、戦の後に世話になっている人たちも多かった。

そういう意味では帰蝶様は女神の総大将と言うことができた。

「なんでございましょう」

木下様がもみ手をせんばかりにやってくる。

「足利義昭様の命乞いをしてみせよ。この朴念仁《ぼくねんじん》に手本を見せてやるといい」

言われた瞬間、木下様は信長様の前の地面に仰向《あおむ》けに転がった。

「信長様、藤吉郎一生のお願いでございます。なんとか足利義昭殿の命だけはお助けください」

見ていた武将たちも兵たちも一斉に吹き出した。

信長様も思わず笑い出す。

木下様はそれからすっくと立ち上がって、信長様の方に頭を下げた。

「いかがでしょうか」

信長様が苦笑する。

「いかがも何も、どういうわけで助けた方がいいとか、何の説明もなく、地面に転がって命を助けろでは話にもならないだろう」

「拙者は説明はできませぬ。そういう頭のいることはこちらの明智殿にお伺いくださ い」

信長様は、半分笑いながら明智様の方を見た。

「説明してみよ」

「二百年以上も続いた室町幕府の後継者です。逆らったからといって簡単に殺してしまっては信長様の名前に傷がつくと思われます。ここは寛大に追放で済ませるのがよろしいかと愚考いたします」

信長様の性格からして、足利義昭様を殺す、というのは考えにくい。だから明智様の行為は信長様に傷をつけるようなものだ。

しかし今回は木下様がおどけたことで雰囲気が和んだ。うまく明智様につなげたことで誰も傷つかなくて済んだ。

「わかった。光秀の言うとおりにしよう。将軍には傷一つ付けてはならぬ」

信長様の命が下った。全員が戦の準備に入る。

帰蝶様が、木下様を呼びとめた。

「ありがとう」

一言礼を言う。

「お役に立てて何よりです。それよりもこの間ねねにくだされた絹織物、早速着物に仕立てさせていただきました」

どうやら帰蝶様はねね様と連絡を取り合っているようだ。

木下様が去ったあと、帰蝶様は明智様にも声をかけた。

「馬鹿でしょう、あなたは。それ以外ないわよね。少しは空気を読みなさい」

「間違ったことは言っておりません」

明智様が胸を張った。

「正しいとか間違ってるとかなんて世の中には関係ないのよ。誰がいつその言葉を言ったかで意味が全然変わるでしょ。そもそも上総介の性格からして義昭を殺さないことぐらいわからないの。あなたがやったのは、俺って偉いんだ、という主張に過ぎないわ」

そう言われて、明智様の顔色が悪くなる。

「これは大変なご無礼をいたしました」

信長様に頭を下げる。

「光秀が頭を下げるか」

信長様は上機嫌で笑った。

「そんなに頭を下げてませんか」

明智様が言う。

「下げぬ。いつだって自分の考えがこの世の真ん中にあるという顔をして、ふんぞり返っておるわ」

「自分では気づきませんで。すいません」

「いや、かまわぬ。空気を読んで頭を下げるのは藤吉郎の役目だ。お前はふんぞり返って偉そうなことを言っておればそれで良い」

信長様は光秀様の意見が好きなのだろう。人柄は木下様なのかもしれないが、意見は明智様というところだろう。

そして、槇島城は一日で落ちた。

足利義昭様は、敗軍の将として信長様の前に跪《ひざまず》くことになったのである。

捨てられた子供のような目をしている。

皐月の印象であった。

自分を捨てた信長様を恨んでいるというのが本当のところだろう。だから悪いと思っているわけではない。むしろ自分のことを被害者だと思っているに違いない。

なにはともあれ、二百年以上続いた室町幕府はあっけなく滅んだのだった。

「これでとうとう市と戦えるわね」

帰蝶様が嬉しそうに言った。

「戦うのは朝倉義景様と浅井長政様であって、お市様ではないでしょう」

「戦った後に彼女がどうするか知りたいじゃない。とりあえずは朝倉義景から始末するつもりだけど」

「そっちが先なんですか。浅井かと思ってました」

「どうでもいい方から先に片付けた方がいいでしょう。余計な妨害が入らなければ朝倉なんてすぐに片付くわ」

「いくらなんでもすぐは言い過ぎでしょう。一応相手だって強いんですし。自分の本拠地では抵抗すると思いますよ」

「そんなことはないわ」

帰蝶様がさらに否定した。それからふふっと笑う。

「朝倉義景と直接戦っていないからと言って何もしていないわけではないのよ」

「また陰謀ですか」

「そう」

帰蝶様は大きく頷いた。

「また、陰謀」

そう言って笑った時の顔は、信長様に嫁いだ時の表情によく似ている。

皐月はあらためて思った。

帰蝶様が天下を取るところを見てみたい。

「光秀はうまくやってるみたいね」

朝倉攻略の準備をしながら、帰蝶様は上機嫌に言った。

「うまくって何ですか」

「延暦寺の跡地にうまく陣取ってるっていうことよ」

「延暦寺の跡地にいると、何かいいことがあるんですか」

「京都の人たちが上総介に従うようになるからね」

「全くわかりません」

延暦寺が重要な寺だったというのはわかるが、跡地に陣取ったからといって京都の人たちが信長様に従うようになるとは思えない。

「延暦寺を押さえておくと、大原《おおはら》を掌中に収めることになるからね」

「大原ですか？」

大原というのは比叡山の麓《ふもと》にある町である。確か賑わってはいるが京都の中ですごく重要という感じはしない。

「琵琶湖からの物資っていうのは大原を通過して都に入るの。京都の人が食べる魚は若狭からのものも含めて大原を通過して入ることが多い。それ以外にもなんだかんだ使われているの。だから大原を押さえられてしまうとなかなか苦しい。延暦寺が影響力を持っていたのは仏の力ではなくて、流通の要所を押さえていたということが大きいのよ」

「もしかして、延暦寺をどうしても倒したかったのは、そういう理由もあるんですか」

「そうよ」

「僧侶の行いが許せなかったんじゃないんですか」

「そんなのどうでもいいわ。でも、行いが許せないって言っておかないと、大義名分が立たないじゃない」

「そうですね」

確かに、大原という拠点を押さえたいから延暦寺をもらいました。と言ってしまったら寺社が全部敵に回ってしまう。延暦寺側に非があったことにしないといけない。

「それなら皆殺しにしなくてもいいのではないですか」

「してないじゃない。命令したけど、みんな守らなかった」

「そうですね」

「あれは守れない命令だからいいの。守れないみんなは褒美《ほうび》が少なくて、命令を守った光秀が延暦寺をとる。すごく自然でしょう」

「光秀様以外は命令を守らないと思っていたのですか」

「そうよ」

「どうして光秀様は命令を守ると思ったんですか」

皐月に訊かれて、帰蝶様は一瞬考えこんだ。わからないというよりも、どうやって説明しようかと思っている感じだ。

「光秀っていうのはね、何事も頭で考えてるのよ。心で感じて動かないのね。藤吉郎なんかは心で感じて動いて、後からなんとなく理屈をつける。その性質があるから、皆殺しという命令も気にせず守れるの」

「冷たいってことですかね」

「違うわ。頭で考えてあったことが、心に届くまでに時間がかかるのよ。だから今頃延暦寺に立てこもった人たちを大勢殺したことを悔やんでると思うわ」

それから帰蝶様は楽しそうにくすくすと笑った。

「後悔するから、延暦寺や大原の人々に優しくするでしょう。人間は心に傷があったたしかにそうかもしれない。悪いと思っているから優しくなれるというのはあるだろう。

「光秀っていうのは、頭で考えた計画を実行するのはとても上手なのよ。だから戦も上手だし統治もうまい。でもね、後で後悔することも多いの。頭と心がばらばらだから。まあ、使い勝手はいいんだけどね」

「よく考えてらっしゃるんですね」

「人間という以前に駒だから。性質をうまく考えておかないといけないでしょ」

帰蝶様は当然のように言った。

もしかしたら、自分以外の人間は皆駒だったり道具だったりするのかもしれない。

皐月もあるときになったら、帰蝶様に切り捨てられるのだろうか。

そうでなくても、帰蝶様の身代わりになって死ぬことがあるのかもしれない。

でも、切り捨てられるくらいなら、帰蝶様の役に立って死んだ方がずっと幸せなことのような気がした。

「わたしを捨てる時は、捨てるくらいならいっそ殺してくださいね」

「どうしたの？」

「わたしは帰蝶様にとっていい道具かは自分ではわかりません。そして、役立たずとして捨てられるくらいなら、帰蝶様に殺された方が幸せな気がしたんです」

帰蝶様は、皐月の言葉に吹き出した。

「いきなり考えすぎよ。皐月はわたくしにはどうやっても必要なの」

「そうなんですか？」

「そうよ。皐月はわたくしにとっては鏡だから」

「鏡」

「わたくしの心が荒れていたら荒れているように。静かなら静かなように。皐月は素直だからわたくしの心を映してくれるのよ」

それから、皐月から目を離して遠くを見た。

「割りたい鏡もあるけどね」

「誰ですか？」

「お市」

そして、殺気のある笑顔を浮かべると、かすかに笑った。

「ああいう女はなかなか死なないけどね」

もうすぐ、お市様とは殺しあうのだろう。

実際に戦うのは男でも、こうやって部屋の中で、女たちが人殺しの事を考えている。

お市様もおなじことを思っている気がした。

帰蝶様をどうやって殺そうか、と。

○主な参考文献

現代語訳　信長公記（全）　太田牛一　榊山潤訳　ちくま学芸文庫
現代語訳　家忠日記　中川三平［編］　ゆいぽおと
織田信長合戦全録　桶狭間から本能寺まで　谷口克広　中公新書
信長と家康　清須同盟の実体　谷口克広　学研新書

本書は文庫書下ろし作品です。

|著者| 神楽坂 淳　1966年広島県生まれ。作家であり漫画原作者。多くの文献に当たって時代考証を重ね、豊富な情報を盛り込んだ作風を持ち味にしている。夫婦《めおと》同心の捕り物で人気を博する小説「うちの旦那が甘ちゃんで」シリーズは「月刊少年シリウス」でコミック化。そのほかの小説に『大正野球娘。』『三国志１～５』『金四郎の妻ですが』『捕り物に姉が口を出してきます』などがある。

帰蝶《きちよう》さまがヤバい　2

神楽坂《かぐらざか》 淳《あつし》

講談社文庫

定価はカバーに
表示してあります

2021年２月16日第１刷発行

発行者――渡瀬昌彦
発行所――株式会社　講談社
東京都文京区音羽2-12-21　〒112-8001
電話　出版（03）5395-3510
　　　販売（03）5395-5817
　　　業務（03）5395-3615

Printed in Japan

デザイン―菊地信義
本文データ制作―講談社デジタル製作
印刷―――豊国印刷株式会社
製本―――株式会社国宝社

ISBN978-4-06-522448-9

講談社文庫刊行の辞

二十一世紀の到来を目睫に望みながら、われわれはいま、人類史上かつて例を見ない巨大な転換期をむかえようとしている。

世界も、日本も、激動の予兆に対する期待とおののきを内に蔵して、未知の時代に歩み入ろうとしている。このときにあたり、創業の人野間清治の「ナショナル・エデュケイター」への志を現代に甦らせようと意図して、われわれはここに古今の文芸作品はいうまでもなく、ひろく人文・社会・自然の諸科学から東西の名著を網羅する、新しい綜合文庫の発刊を決意した。

激動の転換期はまた断絶の時代である。われわれは戦後二十五年間の出版文化のありかたへの深い反省をこめて、この断絶の時代にあえて人間的な持続を求めようとする。いたずらに浮薄な商業主義のあだ花を追い求めることなく、長期にわたって良書に生命をあたえようとつとめるところにしか、今後の出版文化の真の繁栄はあり得ないと信じるからである。

同時にわれわれはこの綜合文庫の刊行を通じて、人文・社会・自然の諸科学が、結局人間の学にほかならないことを立証しようと願っている。かつて知識とは、「汝自身を知る」ことにつきていた。現代社会の瑣末な情報の氾濫のなかから、力強い知識の源泉を掘り起し、技術文明のただなかに、生きた人間の姿を復活させること。それこそわれわれの切なる希求である。

われわれは権威に盲従せず、俗流に媚びることなく、渾然一体となって日本の「草の根」をかたちづくる若く新しい世代の人々に、心をこめてこの新しい綜合文庫をおくり届けたい。それは知識の泉であるとともに感受性のふるさとであり、もっとも有機的に組織され、社会に開かれた万人のための大学をめざしている。大方の支援と協力を衷心より切望してやまない。

一九七一年七月

野間省一

講談社文庫 最新刊

岡本さとる　質屋の娘〈駕籠屋春秋　新三と太十〉
色事師に囚われた娘を救い出せ！　江戸で評判の駕籠《かご》舁き二人に思わぬ依頼が舞い込んだ。

風野真知雄　潜入 味見方同心㈢〈五右衛門の鍋〉
大泥棒だらけの宴《うたげ》に供される五右衛門鍋。魚之進が鍋から導き出した驚天動地の悪事とは？

真保裕一　天使の報酬〈外交官シリーズ〉
女子大学生失踪の背後にコロナウイルスの影。型破り外交官・黒田康作が事件の真相に迫る。

西村京太郎　仙台駅殺人事件
ホームに佇んでいた高級クラブの女性が姿を消した。十津川警部は入り組んだ謎を解く！

夏原エキジ　Cocoon3〈幽世の祈り〉
鬼と化しても捨てられなかった、愛。コミカライズ決定、人気和風ファンタジー第3弾！

青柳碧人　霊視刑事夕雨子《ゆうこ》2〈雨空の鎮魂歌《レクイエム》〉
あなたの声を聞かせて――報われぬ霊の未練を晴らす「癒し×捜査」のミステリー！

伊兼源太郎　巨悪
この国には、震災を食い物にする奴らがいる。東京地検特捜部を描く、迫真のミステリー！

上田岳弘　ニムロッド
仮想通貨を採掘するサトシ・ナカモトを巡る心地よい倦怠と虚無の物語。芥川賞受賞作。

神楽坂淳　帰蝶さまがヤバい2
織田信長と妻・帰蝶《きちょう》による夫婦《めおと》の天下取りのゆくえは？　まったく新しい恋愛歴史小説！

西尾維新　人類最強の純愛
人類最強の請負人・哀川潤《あいかわじゅん》は、天才心理学者・軸本《じくもと》みよりと深海へ！　最強シリーズ第二弾。

講談社文芸文庫

庄野潤三
世をへだてて
解説＝島田潤一郎　年譜＝助川徳是

突然襲った脳内出血で、作家は生死をさまよう。病を経て知る生きるよろこびを明るくユーモラスに描く、著者の転換期を示す闘病記。生誕100年記念刊行。

しA16
978-4-06-522320-8

庄野潤三
庭の山の木
解説＝中島京子　年譜＝助川徳是

家庭でのできごと、世相への思い、愛する文学作品、敬慕する作家たち——著者のやわらかな視点、ゆるぎない文学観が浮かび上がる、充実期に書かれた随筆集。

しA15
978-4-06-518659-6

講談社文庫　目録

倉知　淳　新装版星降り山荘の殺人
倉知　淳　シュークリーム・パニック
熊谷達也　浜の甚兵衛
倉阪鬼一郎　大江戸秘脚便
倉阪鬼一郎　娘飛脚を救え〈大江戸秘脚便〉
倉阪鬼一郎　開運十社巡り〈大江戸秘脚便〉
倉阪鬼一郎　決戦、武甲山〈大江戸秘脚便〉
倉阪鬼一郎　八丁堀の忍
倉阪鬼一郎　八丁堀の忍㈡〈大川端の死闘〉
倉阪鬼一郎　八丁堀の忍㈢〈遥かなる故郷〉
倉阪鬼一郎　八丁堀の忍㈣〈隻腕の抜け忍〉
黒木　渚　壁の鹿
黒木　渚　本性
栗山圭介　居酒屋ふじ
栗山圭介　国士舘物語
久坂部　羊　祝葬
黒澤いづみ　人間に向いてない
決戦！シリーズ　決戦！関ヶ原
決戦！シリーズ　決戦！大坂城
決戦！シリーズ　決戦！本能寺
決戦！シリーズ　決戦！川中島
決戦！シリーズ　決戦！桶狭間
決戦！シリーズ　決戦！関ヶ原2
決戦！シリーズ　決戦！新選組
小峰　元　アルキメデスは手を汚さない
今野　敏　ST 警視庁科学特捜班 エピソード1〈新装版〉
今野　敏　ST 警視庁科学特捜班 毒物殺人〈新装版〉
今野　敏　ST 警視庁科学特捜班〈黒いモスクワ〉
今野　敏　ST 警視庁科学特捜班〈青の調査ファイル〉
今野　敏　ST 警視庁科学特捜班〈赤の調査ファイル〉
今野　敏　ST 警視庁科学特捜班〈黄の調査ファイル〉
今野　敏　ST 警視庁科学特捜班〈緑の調査ファイル〉
今野　敏　ST 警視庁科学特捜班〈黒の調査ファイル〉
今野　敏　ST 為朝伝説殺人ファイル〈警視庁科学特捜班〉
今野　敏　ST 桃太郎伝説殺人ファイル〈警視庁科学特捜班〉
今野　敏　ST 沖ノ島伝説殺人ファイル〈警視庁科学特捜班〉
今野　敏　ST 化合 エピソード0〈警視庁科学特捜班〉
今野　敏　ST プロフェッション〈警視庁科学特捜班〉
今野　敏　特殊防諜班 諜報潜入
今野　敏　特殊防諜班 聖域炎上
今野　敏　特殊防諜班 最終特命
今野　敏　茶室殺人伝説
今野　敏　奏者水滸伝 白の暗殺教団
今野　敏　同期
今野　敏　欠落
今野　敏　変幻
今野　敏　警視庁FC
今野　敏　継続捜査ゼミ
今野　敏　蓬萊〈新装版〉
今野　敏　イコン〈新装版〉
後藤正治　天人〈深代惇郎と新聞の時代〉
幸田　文　崩れ
幸田　文　台所のおと
幸田　文　季節のかたみ
小池真理子　冬の伽藍
小池真理子　夏の吐息
小池真理子　千日のマリア

講談社文庫 目録

五味太郎 大人問題
鴻上尚史 あなたの魅力を演出するちょっとしたヒント
鴻上尚史 鴻上尚史の俳優入門
鴻上尚史 青空に飛ぶ
小泉武夫 納豆の快楽
近藤史人 藤田嗣治「異邦人」の生涯
小前 亮 趙《ちょう》匡《きょう》胤《いん》〈宋の太祖〉
小前 亮 賢帝と逆臣と〈康熙帝と三藩の乱〉
小前 亮 始皇帝の永遠〈天下一統〉
香月日輪 妖怪アパートの幽雅な日常①
香月日輪 妖怪アパートの幽雅な日常②
香月日輪 妖怪アパートの幽雅な日常③
香月日輪 妖怪アパートの幽雅な日常④
香月日輪 妖怪アパートの幽雅な日常⑤
香月日輪 妖怪アパートの幽雅な日常⑥
香月日輪 妖怪アパートの幽雅な日常⑦
香月日輪 妖怪アパートの幽雅な日常⑧
香月日輪 妖怪アパートの幽雅な日常⑨
香月日輪 妖怪アパートの幽雅な日常⑩

香月日輪 妖怪アパートの幽雅な食卓〈るり子さんのお料理日記〉
香月日輪 妖怪アパートの幽雅な人々〈妖アパミニガイド〉
香月日輪 妖怪アパートの幽雅な日常〈ラスベガス外伝〉
香月日輪 大江戸妖怪かわら版①〈異界より落ち来る者あり〉
香月日輪 大江戸妖怪かわら版②〈異界より落ち来る者あり 其之二〉
香月日輪 大江戸妖怪かわら版③〈封印の娘〉
香月日輪 大江戸妖怪かわら版④〈天空の竜宮城〉
香月日輪 大江戸妖怪かわら版⑤〈雀、大浪花に行く〉
香月日輪 大江戸妖怪かわら版⑥〈魔狼、月に吠える〉
香月日輪 大江戸妖怪かわら版⑦〈大江戸散歩〉
香月日輪 地獄堂霊界通信①
香月日輪 地獄堂霊界通信②
香月日輪 地獄堂霊界通信③
香月日輪 地獄堂霊界通信④
香月日輪 地獄堂霊界通信⑤
香月日輪 地獄堂霊界通信⑥
香月日輪 地獄堂霊界通信⑦
香月日輪 地獄堂霊界通信⑧
香月日輪 ファンム・アレース①

香月日輪 ファンム・アレース②
香月日輪 ファンム・アレース③
香月日輪 ファンム・アレース④
香月日輪 ファンム・アレース⑤ (上)(下)
近衛龍春 加藤清正〈豊臣家に捧げた生涯〉
木原《このはら》音瀬《なりせ》 箱の中
木原音瀬 美しいこと
木原音瀬 秘密
木原音瀬 嫌な奴
木原音瀬 罪の名前
近藤史恵 私の命はあなたの命より軽い
小泉 凡 怪談四代記〈八雲のいたずら〉
小松エメル 夢の燈影《ほかげ》〈新選組無名録〉
小松エメル 総司の夢
小島 環 原作 あなしん 脚本 おかざきさとこ 小説 春待つ僕ら
呉 勝浩 道徳の時間
呉 勝浩 ロスト
呉 勝浩 蜃気楼の犬
呉 勝浩 白い衝動

講談社文庫　目録

佐々木裕一　比叡山の鬼〈公家武者　信平㈢〉
佐々木裕一　公《く》卿《ぎょう》の罠《わな》〈公家武者　信平㈣〉
佐々木裕一　狙われた旗本〈公家武者　信平㈤〉
佐々木裕一　赤い刀身〈公家武者　信平㈥〉
佐々木裕一　帝《みかど》の刀《とう》匠《しょう》〈公家武者　信平㈦〉
佐々木裕一　若君の覚悟〈公家武者　信平㈧〉
佐々木裕一　くもの頭領〈公家武者　信平㈨〉
佐々木裕一　狐のちょうちん〈公家武者信平ことはじめ㈠〉
佐々木裕一　姫のため息〈公家武者信平ことはじめ㈡〉
佐藤　究《きわむ》　Q　J　K　J　Q
佐藤　究　A　n　k　:〈a mirroring ape〉
佐藤　究　サージウスの死神
佐野　晶　三田紀房・原作　小説アルキメデスの大戦
澤村伊智　恐怖小説キリカ
さいとう・たかを　戸川猪佐武　原作　歴史劇画　大宰相〈第一巻　吉田茂の闘争〉
さいとう・たかを　戸川猪佐武　原作　歴史劇画　大宰相〈第二巻　鳩山一郎の悲運〉
さいとう・たかを　戸川猪佐武　原作　歴史劇画　大宰相〈第三巻　岸信介の強腕〉
さいとう・たかを　戸川猪佐武　原作　歴史劇画　大宰相〈第四巻　池田勇人と佐藤栄作の激突〉
さいとう・たかを　戸川猪佐武　原作　歴史劇画　大宰相〈第五巻　田中角栄の革命〉

さいとう・たかを　戸川猪佐武　原作　歴史劇画　大宰相〈第六巻　三木武夫の挑戦〉
さいとう・たかを　戸川猪佐武　原作　歴史劇画　大宰相〈第七巻　福田赳夫の復讐〉
さいとう・たかを　戸川猪佐武　原作　歴史劇画　大宰相〈第八巻　大平正芳の決断〉
さいとう・たかを　戸川猪佐武　原作　歴史劇画　大宰相〈第九巻　鈴木善幸の苦悩〉
さいとう・たかを　戸川猪佐武　原作　歴史劇画　大宰相〈第十巻　中曽根康弘の野望〉
佐藤　優　人生の役に立つ聖書の名言
斉藤詠一　到達不能極
佐々木　実　竹中平蔵　市場と権力　「改革」に憑かれた経済学者の肖像
司馬遼太郎　新装版　播磨灘物語　全四冊
司馬遼太郎　新装版　箱根の坂（上）（中）（下）
司馬遼太郎　新装版　アームストロング砲
司馬遼太郎　新装版　歳月（上）（下）
司馬遼太郎　新装版　おれは権現
司馬遼太郎　新装版　大坂侍
司馬遼太郎　新装版　北斗の人（上）（下）
司馬遼太郎　新装版　軍師二人
司馬遼太郎　新装版　真説宮本武蔵
司馬遼太郎　新装版　最後の伊賀者
司馬遼太郎　新装版　俄（上）（下）

司馬遼太郎　新装版　尻啖え孫市（上）（下）
司馬遼太郎　新装版　王城の護衛者
司馬遼太郎　新装版　妖怪（上）（下）
司馬遼太郎　新装版　風の武士（上）（下）
司馬遼太郎　戦雲の夢〈レジェンド歴史時代小説〉
司馬遼太郎　海音寺潮五郎　新装版　日本歴史を点検する
司馬遼太郎　井上ひさし　新装版　国家・宗教・日本人
司馬遼太郎　陳舜臣　金達寿　新装版　歴史の交差路にて〈日本・中国・朝鮮〉
柴田錬三郎　お江戸日本橋（上）（下）
柴田錬三郎　貧乏同心御用帳
柴田錬三郎　新装版　岡っ引どぶ〈柴錬捕物帖〉
柴田錬三郎　新装版　顔十郎罷り通る（上）（下）
白石一郎　庖丁ざむらい〈レジェンド歴史時代小説〉〈十時半睡事件帖〉
島田荘司　御手洗潔の挨拶
島田荘司　御手洗潔のダンス
島田荘司　暗闇坂の人喰いの木
島田荘司　水晶のピラミッド
島田荘司　眩（めまい）暈
島田荘司　アトポス

島田荘司 異邦の騎士〈改訂完全版〉
島田荘司 御手洗潔のメロディ
島田荘司 Pの密室
島田荘司 ネジ式ザゼツキー
島田荘司 都市のトパーズ2007
島田荘司 21世紀本格宣言
島田荘司 帝都衛星軌道
島田荘司 UFO大通り
島田荘司 リベルタスの寓話
島田荘司 透明人間の納屋
島田荘司 占星術殺人事件〈改訂完全版〉
島田荘司 斜め屋敷の犯罪〈改訂完全版〉
島田荘司 星籠《せいろ》の海(上)(下)
島田荘司 屋上
島田荘司 名探偵傑作短篇集 御手洗潔篇
島田荘司 火刑都市〈改訂完全版〉
清水義範 蕎麦《そば》ときしめん
清水義範 国語入試問題必勝法〈新装版〉
椎名誠 にっぽん・海風魚旅〈怪し火さすらい編〉
椎名誠 大漁旗ぶるぶる乱風編〈にっぽん・海風魚旅4〉
椎名誠 南シナ海ドラゴン編〈にっぽん・海風魚旅5〉
椎名誠 風のまつり
椎名誠 ナマコ
椎名誠 埠頭三角暗闇市場
真保裕一 連鎖
真保裕一 取引
真保裕一 震源
真保裕一 盗聴
真保裕一 朽ちた樹々の枝の下で
真保裕一 奪取(上)(下)
真保裕一 防壁
真保裕一 密告
真保裕一 黄金の島(上)(下)
真保裕一 発火点
真保裕一 夢の工房
真保裕一 灰色の北壁
真保裕一 覇王の番人(上)(下)
真保裕一 デパートへ行こう!
真保裕一 アマルフィ〈外交官シリーズ〉
真保裕一 ダイスをころがせ!(上)(下)
真保裕一 天魔ゆく空(上)(下)
真保裕一 ローカル線で行こう!
真保裕一 遊園地に行こう!
真保裕一 オリンピックへ行こう!
篠田節子 弥勒
篠田節子 転生
篠田節子 竜と流木
重松清 定年ゴジラ
重松清 半パン・デイズ
重松清 流星ワゴン
重松清 ニッポンの単身赴任
重松清 愛妻日記
重松清 青春夜明け前
重松清 カシオペアの丘で(上)(下)
重松清 永《と》遠《わ》を旅する者〈ロストオデッセイ 千年の夢〉
重松清 かあちゃん
重松清 十字架

重松 清 峠うどん物語(上)(下)
重松 清 希望ヶ丘の人びと(上)(下)
重松 清 赤ヘル1975
重松 清 なぎさの媚薬(上)(下)
重松 清 さすらい猫ノアの伝説
重松 清 ルビィ
新野剛志 八月のマルクス
新野剛志 美しい家
新野剛志 明日の色
殊能将之 ハサミ男
殊能将之 鏡の中は日曜日
首藤瓜於 脳男
首藤瓜於 事故係生稲昇太の多感
島本理生 シルエット
島本理生 リトル・バイ・リトル
島本理生 生まれる森
島本理生 七緒のために
小路幸也 高く遠く空へ歌ううた
小路幸也 空へ向かう花

小路幸也 スターダストパレード
小路幸也 原案 山田洋次 平松恵美子 家族はつらいよ
小路幸也 原作 山田洋次 脚本 平松恵美子 家族はつらいよ2
小路幸也 原作 山田洋次 脚本 平松恵美子 妻よ薔薇のように〈家族はつらいよIII〉
島田律子 私はもう逃げない〈自閉症の弟から教えられたこと〉
辛酸なめ子 女修行
柴崎友香 ドリーマーズ
柴崎友香 パノララ
翔田 寛 誘拐児
白石一文 この胸に深々と突き刺さる矢を抜け(上)(下)
小説現代編 石田衣良他著 10分間の官能小説集
小説現代編 勝目梓他著 10分間の官能小説集2
小説現代編 乾くるみ他著 10分間の官能小説集3
柴村仁 夜宵
柴村仁 プシュケの涙
柴田哲孝 クズリ〈ある殺し屋の伝説〉
塩田武士 盤上のアルファ
塩田武士 盤上に散る
塩田武士 女神のタクト

塩田武士 ともにがんばりましょう
塩田武士 罪の声
塩田武士 氷の仮面
芝村凉也 孤《こ》闘《とう》の寂《せき》〈素浪人半四郎百鬼夜行(六)〉
芝村凉也 邂逅の紅蓮〈素浪人半四郎百鬼夜行(七)〉
芝村凉也 終焉の百鬼行〈素浪人半四郎百鬼夜行(八)〉
芝村凉也 追憶の翰《かん》〈素浪人半四郎百鬼夜行(拾遺)〉
真藤順丈 畦と銃
柴崎竜人 三軒茶屋星座館1〈冬のオリオン〉
柴崎竜人 三軒茶屋星座館2〈夏のキグナス〉
柴崎竜人 三軒茶屋星座館3〈春のカリスト〉
柴崎竜人 三軒茶屋星座館4〈秋のアンドロメダ〉
周木 律 眼球堂の殺人〈~The Book~〉
周木 律 双孔堂の殺人〈~Double Torus~〉
周木 律 五覚堂の殺人〈~Burning Ship~〉
周木 律 伽藍堂の殺人〈~Banach-Tarski Paradox~〉
周木 律 教会堂の殺人〈~Game Theory~〉
周木 律 鏡面堂の殺人〈~Theory of Relativity~〉
周木 律 大聖堂の殺人〈~The Books~〉

講談社文庫　目録

2020年12月15日現在